KB079031

당신은 평생 몰라도 되는

구치소 이야기

당신은 평생 몰라도 되는

구치소 이야기

| 초판 1쇄 인쇄 | 2015년 01월 05일 | | |
| 초판 1쇄 발행 | 2015년 01월 09일 | | |

지은이	재 하		
펴낸이	손 형 국		
펴낸곳	(주)북랩		
편집인	선일영	편집	이소현, 김진주, 이탄석, 김아름
디자인	이현수, 김루리	제작	박기성, 황동현, 구성우
마케팅	김회란, 이희정		
출판등록	2004. 12. 1(제2012-000051호)		
주소	서울시 금천구 가산디지털 1로 168, 우림라이온스밸리 B동 B113, 114호		
홈페이지	www.book.co.kr		
전화번호	(02)2026-5777	팩스	(02)2026-5747

ISBN   979-11-5585-405-1 03810(종이책)   979-11-5585-406-8 05810(전자책)

이 도서의 국립중앙도서관 출판예정도서목록(CIP)은 서지정보유통지원시스템 홈페이지(http://seoji.nl.go.kr)와
국가자료공동목록시스템(http://www.nl.go.kr/kolisnet)에서 이용하실 수 있습니다.
(CIP제어번호 : CIP2015000375)

당신은 평생 몰라도 되는

구치소 이야기

DETENTION CENTER, LOCK-UP STORY

재하 지음

북랩 book Lab

자유를 잃어버린 1년,
'삶'을 되짚어 보다

나는 2013년 6월 14일부터 약 1년간 인천구치소에서 복역했다.

법의 잣대로 본다면 무언가 죄를 저질렀고 그에 합당한 죗값을 치르고 나온 것이다. 하지만 나는, 여전히 내가 1년이나 구속 수감되어야 할 만큼 큰 죄를 짓지 않았다고 생각한다. 물론 이런 이야기를 하면 누군가는 콧방귀를 뀔지도 모르겠다. "법이 장난이냐?"라고 이야기하는 사람도 있을 것이다. 그러나 수감자 중 약 80% 이상이 나와 같은 생각을 하고 있다는 것을 미리 밝혀두고 싶다.

구치소에서의 1년은 일종의 기준점이다. 일생 동안 단 한 번도 죄수복을 입어보지 않은 사람들에게 구치소에서의 1년은 상상조차 하기 싫은 끔찍한 시간일 것이다. 그러나 구치소에서 교도소로 이감되어 장기 수감 생활을 한 사람들에게 1년은 '찰나'에 불과하다. 누군가는 나의 1년을 두고 "내가 교도소에서 소변 본 시간만 합쳐도 그것보단 더 길다."라고 이야기를 한 적도 있었으니까.

　어쨌든 나는 이 책에 구치소에서 보낸 나의 1년을 담고자 한다. 죄의 대가로 자유를 속박당한 채 보낸 시간 동안 내 머릿속을 스쳐 지나간 수많은 생각과 구치소라는 낯선 공간 속에서 마주한 또 다른 사회를 옮겨 놓고자 하는 것이다. 물론 그 속에는 신문이나 뉴스에서만 보던 각종 사건사고도 있고, '범죄자'라 불리는 이들도 있다. 그러나 앞서 이야기하건대 이 책을 통해 만나는 사람들에 대해 그 어떤 편견도 가지지 않았으면 좋겠다. 그저 '이런 사람도 있구나' 정도로 여겨 주기를 바란다. 그리고 이 책을 읽는 당신은 나처럼, 혹은 그들처럼 삶의 오류를 범하지 않았으면 좋겠다.

　끝으로 나로 인해 상처받았던 사람들에게 진심으로 사과하고 싶다. 자식 때문에 눈물 마를 날 없었던 나의 부모님께도 말이다.

목 차

1부

피의자 김철중

구속,
자유를 갈망하게 되는 절대적 순간

일상생활에서 쓰이는 '구속'이라는 단어의 저변에는 애정이 존재한다. 더구나 남녀 혹은 부모 자식 간의 구속에는 사랑 혹은 관심이 절반이다. 하지만 법의 기준으로 행해지는 구속은 '행동이나 의사의 자유를 제한하거나 속박함'이라는 사전적 의미와 한 치의 어긋남도 없다. 그래서 법정 구속이 되는 사람들은 구속이 확실시되는 순간부터 자유를 갈망하게 된다. 그렇다면 구속은 어떻게 이뤄지는 걸까? 본격적인 구치소 생활을 풀어 놓기 전에 구속 수감에 대해 먼저 이야기를 살펴보고자 한다.

용의자의 대다수는 체포영장에 의해 체포됐을 경우 48시간 이내에 구속영장을 청구해야 하기 때문에, 체포된 시간에 따라 2~3일을 보내고 구치소로 이송되거나 석방된다. 이는 용의자가 구속되는 형태 중 가장 일반적인 모습이라 할 수 있다. 용의자가 현행범으로 긴급체포되거나, 아니면 내부 수사를 통해 어느 정도의 증거를 확보해 '체포영장'을 발부받은 뒤 용의자를 체포하는 경우가 이에 해당한다.

전자든 후자든 일단 형사에게 체포되면 용의자는 약 2~3일간 경찰서 유치장에 갇히게 된다. '체포영장'은 48시간 동안만 효력이 있기 때문에 담당 형사는 이 기간 안에 용의자를 심문하거나 외부 수사를 진행해 최대한 증거를 뽑아내야 한다. 만약 증거를 잡지 못하면 어렵사리 잡은 용의자를 그대로 풀어 줘야 하는 것은 물론이고, 왜 제대로 된 증거도 없이 애를 잡아다 족쳤냐는 형사팀장의 잔소리를 하루 종일 들어야 할지도 모른다. 그래서 이 짧은 기간 동안 담당 형사들은 최대한 많은 증거와 증언을 수집하기 위해 용의자를 수시로 찾아와 심문하고 또 심문한다.

그런데 말이 좋아 심문이지 거의 고문에 가깝다. 증거로 쓰일 수 있는 '증언확보'라고 하는 게 사실 별거 없다. 그래서 형사들은 가장 쉽게 범죄에 대한 증거를 확보하는 방법인 '자백'을 받기 위해 애를 쓰는 것이다. 영화니 미드(미국 드라마)에서 봐 온 증거 수집 광경들을 떠올렸다면 그건 학습에(?) 의한 고정관념일 뿐이다. 범죄 현장에 남겨진 담배 한 개비로 용의자의 DNA를 찾아내고 이를 통해 검거에

이르는 경우는 극히 드물다. 형사들로부터 이런 특별한 대접을 받고 싶다면 신문 1면을 채우는 사건사고의 주인공쯤 되어야 할 것이다. 그렇지 않다면? 지옥 같은 형사들의 심문을 받는 수밖에 없다.

유치장에 수감된 용의자는 극심한 심적 압박에 시달리게 된다. 경험자라면 그나마 낫겠지만 초범이라면 유치장에서 보내는 1분 1초가 고통이다. 외부와 소통이 끊기는 것도, 자유를 박탈당한 채 한정된 공간에서 머물러야 한다는 것도 스트레스로 작용한다.

나 또한 예외는 아니었다. 나는 처음으로 유치장에 수감되었을 때를 생생히 기억한다. 단 며칠이었지만 그 시간 동안 나는 일 년 동안 해야 할 고민을 다 했고, 일 년 동안 받아야 할 스트레스를 한꺼번에 받았다. 유치장이라는 공간이 주는 위압감도 있었지만, 뭐 하나 편한 게 없어서 더욱 그랬던 것 같다. 세면도 제대로 할 수 없고(요즘은 하루 한 번 목욕을 시켜 주는 유치장도 있다고 한다) 식사도 배식구로 넣어 주는 밥을 먹어야만 했다. 만약 유치장에 들어올 때 돈을 좀 가지고 있었다거나 가족들이 돈을 넣어 줬다면 조금은 제대로 된 식사인 '사식'을 끼니때마다 챙겨 먹을 수 있겠지만, 그렇지 않다면 단무지와 김치가 메인인 부실한 식사를 해야 한다. 그렇다고 해서 돈을 주고 사

먹는 사식이 고급스러운 식사는 아니다. 오히려 식사 측면에서 본다면 구치소나 교도소가 유치장보다 훨씬 나은 편이다.

사면이 막힌 공간에 온종일 갇혀 있다 보면 시간이 점점 더디게 지나기 시작한다. 반나절이 지날 때쯤에는 내가 방바닥인지 방바닥이 나인지 슬슬 헷갈려 오기 시작한다. 그쯤, 경찰관이 내 이름을 부르며 문을 열어준다. 철문 밖으로 나오는 순간 경찰은 소지품 검사를 하고, 수갑을 채운 뒤에 밧줄로 이리저리 묶는 '포승'을 한다. 그리고 포승된 채로 담당 형사에게 이끌려 조사실에 가면 그때부터 '심문'이 시작되는 것이다. 심문이라고 해서 크게 두려워할 필요는 없다. 다만, 순간순간 조금 짜증 날 수는 있다. 성격에 따라 차이는 있겠지만, 만약 당신이 다혈질이라면 매 순간 스스로를 컨트롤하기 위해 애를 써야 할 것이다.

심문은 보통 담당 형사와 형사보조, 이렇게 2명이 한 조를 이뤄 진행된다. 좁은 조사실에 마주 앉아 있다는 것도 불편한데 정면에 앉아 있는 형사 하나가 나를 죽어리 쪼아댄다. '내가 저 인간한테 직접적인 피해를 끼친 것도 아닌데 왜 이렇게까지 하나?' 싶은 생각이 들 만큼 괴롭히고 또 괴롭히는 것이다. 괴롭히는 방법 또한 가지가지다.

했던 말을 하고 또 하게 만드는 건 기본이고, 아닌 것을 아니라 말하면 '이미 다 알고 있는데 이런 식으로 할 거냐?'라거나 '자꾸 이런 식으로 나오면 네놈 죄만 더 커진다!'라고 으름장을 놓기도 한다. '지금이라도 자백하면 죄를 경감해 줄 수 있다'는 회유도 빼놓지 않는다. 담당 형사 외 다른 한 명은 조사실에 있는 듯 없는 듯 조용히 자리만 지키고 있다. 아마도 내가 무슨 말실수를 하는지, 말하는 중에 어떤 표정 변화가 있는지를 관찰하고 있는 듯했다. 그러다 악마 같은 담당 형사가 잠깐 자리를 비울 때면 마치 내 편인 척 말을 걸기 시작한다.

"이렇게 묶여 있으니 많이 힘들지? 나도 저 친구가 왜 이렇게까지 하는지 모르겠어. 그런데 말이야. 이러다가 자칫 저 친구가 화가 나면 상황이 더 안 좋아질 수도 있으니까 조심해. 많은 거 요구하는 게 아니잖아. 그냥 아는 대로 전부 이야기하면 돼. 그러면 자네도 훨씬 더 편해질 거야."

그의 말이 위로인지 협박인지는 알 수 없다. 어쨌든 형사는 내게 빨리 끝내고 가자며, 그게 서로를 위하는 길이라고 타이르듯 이야기를 해댔다. 조사가 진행되면 될수록 두통이 심해지기 시작한다. 처음엔 '약간 불편한 정도'였다가 나중엔 현기증이 일기 시작했다. 왜 안 그렇겠는가? 아무리 사랑하는 여자 친구라 하더라도 3~4시간 동안 그녀 혼자 쉴 새 없이 수다를 떨고 있다면 슬슬 지겨워지는 게 남자인 것! 하물며 건장한 사내 두 명과 마주 앉아 재미도 없고, 감동도 없고, 흥미도 없는 이야기를 해야 하는데 두통이 생기는 건 지극히 당연한 일일지도 모른다.

몽롱한 상태가 이어지면 슬슬 말이 꼬이기 시작했다. 그리고 내가 의식하지 못하는 사이 내 의지와는 다른 이야기들이 툭- 불거져 나온다. 그럴 때마다 형사들은 잘 훈련된 사냥개처럼 그 말을 잡아낸다. '그래! 바로 이거야!' 하면서 말이다.

"이것 봐, 네가 아까는 분명 안 갔다고 대답했는데 얼마 전에는 갔다고 이야기를 했잖아. 자꾸 이렇게 거짓말을 할 거야?"

"그러니까 너는 지금 거짓말을 하는 거야. 그렇게 중요한 사실을 헷갈려한다는 건 말이 안 돼. 상식적으로 생각해 보라니까! 지금 네가 하는 말이 너 스스로 납득이 되는지."

"내가 수사 경력이 몇 년인 줄 알아? 넌 내 눈을 속일 수 없어."

"이제 다 들통 났으니까 사실대로 말하면 조금 봐 줄게."

형사들은 모든 것을 다 알고 있다며 내게 진실을 말할 것을 종용했다. 그럴 때마다 나는 '미치고 팔짝 뛴다'는 말이 생각났다. 이건 단순히 억울하다는 말로 표현할 수 없는 감정이었다. 그래서 제대로 따져 묻고 싶었다. '당신들 내게 왜 이러냐고! 당신이 지금 내 상황이라면 당신도 나와 같을 거라고.' 하지만 현실의 나는 아무 말도 하지 못했다. 아무리 억울하다 하더라도 내가 처한 현실은 형사들에게 따지고 들 수 있는 상황이 아니었다.

그렇게 나는 영혼이 없는 상태에서 2~3시간 더 심문을 받아야만 했다. 그리고 온몸의 기가 다 빠져나가 녹초가 되어 입도 달싹하지 못할 때쯤 유치장으로 돌아오곤 했다.

유치장의 바닥은 무척이나 딱딱하고 차가웠다. 그런데도 나는 그 바닥에 누워 잠이 들었다. 모든 것이 꿈이었으면 좋겠다. 지금 내가 악몽을 꾸고 있는 것이기를. 잠에서 깨고 나면 내 자유가 온전히 나의 것이었으면……

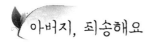
아버지, 죄송해요

부모님께는 정말 죄송한 이야기지만 심문을 받던 며칠 동안 나는 여자 친구 생각이 가장 많이 났다. 보고 싶기도 했고, 궁금하기도 했다. 내 걱정에 잠 못 이루지는 않을까, 그래서 몸이라도 축나면 어쩌나 하는 걱정부터 혹여 마음이 변하면 어쩌나 하는 두려움까지 엄습해 왔기 때문이다. 그런 생각을 하면서 나는 '자식새끼는 키워 봐야 소용이 없다'는 말을 떠올렸고 혼자 피식 웃기도 했다. 보통은 이런 상황에 처하면 부모님 생각이 가장 많이 나는 게 일반적일 테니 말이다.

어느 날, 심문을 받고 있는데 밖에서 아버지 목소리가 들려왔다. 크게 들린 것은 아니었지만 나는 아버지의 목소리라는 걸 단번에 알 수 있었다.

"형사님, 여기까지 왔는데 아들 얼굴 좀 한 번만 보고 가면 안 되겠습니까?"

"안 됩니다. 김철중 씨는 면회가 안 되네요."

"제가 아들놈 걱정에 잠을 한숨도 못 잤습니다. 얼굴이라도 봐야 마음이 놓일 것 같은데……. 1분이라도 좋습니다. 얼굴만 좀 보게 해 주십시오."

"안 된다니까요. 그건 제가 어떻게 해 드릴 수 있는 일이 아닙니다."

아버지는 누군가에게 나를 만나게 해 달라고 사정사정하고 있었다. 두 사람의 대화를 모두 들을 수는 없었지만 짐작할 수 있었다. 그들 앞에선 내 아버지의 표정이 어떠할지, 그리고 아버지의 마음이 어떨지…….

일반적인 경우 유치장에 수감되어 있는 동안 가족 혹은 지인들과의 접견이 허락된다. 유치장에 별도의 면회실이 설치되어 있을 뿐 아니라 구치소나 교도소보다 면회 시간도 길고 횟수도 많다. 내가 유치장에 있던 2013년도에는 오전 9시부터 저녁 9시까지 면회가 가능했고 1일 3회 면회를 할 수 있었다. 접견 시간도 30분으로 제법 길었다. 그런데 어찌 된 영문인지 형사들은 내게 접견을 허락하지 않았다. 사실 아버지의 얼굴을 보고 딱히 할 말이 있었던 건 아니다. 하지만 아버지가 형사들에게 사정하는 소리를 듣고만 있을 수는 없었다. 그래서 나는 담당 형사에게 사정하기 시작했다.

"형사님, 저 아버지 한 번만 만나게 해 주세요. 얼굴만 좀 보게요."

"내 마음 같아서는 그러고 싶은데 너는 면회가 안 돼."

"왜요? 원래 유치장에서는 면회가 되지 않습니까?"

"그러니까……. 원래는 되는데 너는 안 된다고."

"그런 게 어딨습니까? 뭐가 그렇게 걱정되는 건데요? 저요, 증거인멸할 것도 없습니다. 정말 아무것도 없어요."

담당 형사는 내 말에 아무런 반응을 보이지 않았다. 무심한 듯 자료만 뒤적이는 모습에 나는 화가 났다.

"제가 그냥 내보내달라 했습니까? 그런 거 아니지 않습니까? 그냥 잠깐만, 형사님 보시는 데서 아버지 얼굴이나 한 번 보게 해 달라는 거 아닙니까?"

역시나 담당 형사는 아무 말이 없었다. 그러나 나는 그의 눈빛이 흔들리고 있다는 것을 알 수 있었다. 아버지의 간절한 청과 나의 부탁이 더해져 형사의 마음이 조금씩 움직이기 시작한 것이다.

"형사님도 아버지가 계시지 않습니까? 나이 드신 어른이 저렇게 사정하시는데 제발 부탁 좀 드립니다."

이야기를 하다 보니 어느 순간 볼을 타고 눈물이 흐르기 시작했다. 평생 남에게 싫은 소리 한번 하지 않고 올곧게 살아오신 아버지께 너무나 못할 짓을 하고 있다는 생각 때문이었다. 나는 손등으로 눈물을 닦아내고 또 닦아냈지만 눈물이 쉽게 잦아들지 않았다. 담당 형사는 그런 내 모습이 잠시 당황하는 듯했다.

"아이, 왜 이래? ……잠깐만, 잠깐만 기다려 봐요."

형사는 내 앞에 두루마리 휴지를 내려놓고는 밖으로 나가 버렸다. 그리고 잠시 후 돌아와서 내 어깨를 툭 치며 말했다.

"원래 이런 상황에서는 접견이 안 되는 거야. 그런데 너도 그렇고 아버지도 너무 사정하시니 잠깐 얼굴만 보고 오는 걸로 하자. 거 눈물 좀 닦고……. 아버지가 이런 얼굴 보면 걸음이 떨어지시겠어?"

"형사님, 고맙습니다! 고맙습니다!"

나는 몇 번이고 고개를 숙여 고맙다는 인사를 했다. 그리고 눈물을 닦아내고, 붉어진 얼굴을 가라앉히기 위해 크게 숨을 쉬었다. 손바닥으로 얼굴을 쳐서 열기를 식히려 했지만 이미 한 번 달아오른 열은 쉽게 내려가지 않았다.

그렇게 나는 우여곡절 끝에 아버지의 앞에 섰다. 며칠 사이 눈에 띄게 핼쑥해진 아버지의 모습을 보니 참았던 울음이 금방이라도 터져 나올 것 같았다. 아버지도 마찬가지였다. 잔뜩 붉어진 눈에 눈물이 고이는 게 보였다. 아버지는 시름 가득한 눈으로 나를 천천히 훑었다. 그리고 묶여 있는 내 양손에 시선이 멈췄다.

"그래……. 지내는 거 어때?"

아주 천천히, 힘겹게 말을 잇는 아버지의 눈에 눈물이 그득 차올랐다. 그런 아버지의 모습을 보고 있자니 코끝이 시려 혼이 났다. 하지만 나는 태연해야 했다. 그게 내가 할 수 있는 최선의 선택이었다.

"지낼 만하고 안 하고가 어디 있어요? 이제 고작 이틀 됐어요. 겨우 이틀이 지났는데 뭘……. 그냥 똑같죠 뭐."

"먹는 건……. 먹는 건 어때?"

"여기도 돈 있으면 장땡이에요. 밥은 돈 내고 맛있는 거 사 먹고 있으니까 걱정하지 마세요."

"그래, 그래……. 잘 있다니 다행이다. 다행이야."

그렇게 정적이 흘렀다. 나는 무슨 말이든 해야 한다는 것을 알고 있었지만 어떤 말을 어떻게 해야 할지 도무지 알 수 없었다. 머릿속이 텅 빈 것 같았다. 그렇다고 해서 애써 밝은 척을 할 수도 없는 노릇이었다. 밝은 척해도 아버지의 마음이 편해질 것 같지 않았기 때문이다.

"아버지. 죄송합니다."

나는 고개를 숙인 채 말을 던졌다. 아버지를 만나기 전부터 내 입 속에 머물던 말이었다. 꼭 해야 하는 말이었고 가장 하고 싶은 말이 기도 했다.

"아이고, 이놈아! 너 도대체 무슨 짓을 하고 다닌 거냐? 이게 무 슨……. 이게 대체 무슨 일이야?"

애써 침착하던 아버지가 주먹으로 가슴을 치기 시작했다. 아버지 도 많이 참고 또 참았던 모양이다.

"죄송해요 아버지……. 너무 걱정 마세요. 금방 해결하고 나갈 거 예요."

"그래, 그래야지. 아들아, 아버지는 너를 믿는다."

아버지의 목소리가 떨리고 있었다. 그러나 나는 차마 아버지의 얼 굴을 똑바로 바라볼 수 없었다. 그저 어떻게든 이곳을 나가서 아버 지의 근심을 덜어 드려야겠다는 생각뿐이었다. 그런데 어떻게 하면 이곳을 하루 빨리 나갈 수 있을까? 접견을 마치고 돌아오면서부터 내내 나는 밖으로 나갈 방법을 모색하기 시작했다.

주여, 제 증거인멸을 도와주소서!

아무리 생각하고 또 생각해 봐도 다시 사회에 발을 딛기 위한 가장 빠른 방법은 '증거인멸' 뿐이었다. 증거가 없으면 나를 가둘 이유가 사라지기 때문이다. 더구나 당시 나는 다양한 죄목으로 조사를 받고 있었기에 어떻게든 죄목을 줄여야만 했다. 그래서 접견을 이용해 증거인멸을 시도하려 했으나, 귀신같은 형사들은 접견을 허락하지 않았다. 그러던 중 절호의 찬스가 찾아왔다. 근처 교회에서 유치인을 위한 예배를 드리러 온다는 것이다. 소식을 접한 나는 유치장 담당 경찰관에게 예배 시간과 절차, 그리고 어디서 예배를 드리는지에 대해 상세히 물었다. 그리고 종이와 펜을 요구한 뒤 증거인멸을 위한 쪽지를 써 내려갔다. 이미 모두 지나간 사건이라 밝혀도 크게 상관은 없지만, 그래도 찜찜하니 내용 자체는 묻어 두어야 할 것 같다. 아무튼 그때 내가 쓴 쪽지만 잘 전달된다면 나는 일부 무죄를 받을 수 있었다.

드디어 예배 시간. 교인 네 명이 유치장에 들어서자 내 심장은 요동치기 시작했다. 목사와 신도들은 유치장 방 앞에, 우리는 유치장 안에 앉은 채로 예배가 진행됐다. 아주 가깝지도 그렇다고 아주 멀지도 않은 거리였지만 우리들 사이엔 철창이 가로막고 있었다. 나는 미리 써 둔 쪽지를 손에 꼭 쥔 채 예배에 참여했다. 행여 쪽지를 들킬까 봐 쪽지를 쥔 손에 힘을 주고 있었더니 슬슬 손에 땀이 차기 시작한다. 땀이 차는 기분도 그다지 유쾌하지 않았지만 혹여 잉크가 번지는 건 아닐까 하는 걱정은 나를 더욱 불안하게 만들었다. 그렇게 나는 쪽지를 건넬 기회만 엿보고 있었다.

"하나님의 말씀은 요한복음 3장 16절입니다. 페이지로는 신약성경……"

드디어 기회가 왔다. 나는 성경책을 이리저리 뒤적이다 사람들을 힐끔 힐끔 쳐다보기도 하면서 본격적인 기회를 만들었다.

"저기, 저……. 목사님, 저 정말 죄송한데 저…… 예배를 드리는 게 처음이라……. 성경책을 어떻게 찾는지 모르겠습니다. 좀 도와주실 수 있을까요?"

목사는 인자한 표정으로 나를 바라보았다.

"물론이죠. 도와 드려야죠. 정 권사님, 저분 성경 찾는 것 좀 도와

주세요."

나는 속으로 쾌재를 불렀다. 드디어 때가 온 것이다. 사실 나는 모태신앙이다. 어머니께서 교인이라 뱃속에서부터 교회를 따라 다녔다. 스무 살 이후로는 필요할 때만 교회를 찾곤 했지만 어쨌든 성경 구절을 찾는 건 내게 일도 아니었다. 요한복음 3장 16절 따위는 안 보고도 줄줄 외울 수 있다. 하지만 증거인멸을 위해 나는 난생 처음 예배를 드리는 어린양으로 변해야만 했다. 나는 정 권사라는 중년의 여성이 내게 다가와 손을 뻗는 순간, 그녀의 손에 쪽지를 쥐어 주리라 마음먹고 있었다. 어려운 사람을 외면하지 못하는 기독교인들의 특성상 쪽지의 내용을 쉽사리 무시하지는 못할 것이라 생각했기 때문이다. 적어도 적혀 있는 핸드폰 번호로 내용 전달 정도는 해 주겠지 싶었다.

이윽고 정 권사가 철창 앞으로 다가왔다. 그리고 내 앞에 쪼그려 앉자 나는 그녀에게 성경을 내밀었다. 그리고 그녀가 내 성경을 넘겨 받기 위해 손을 내미는 순간, 그녀의 손에 쪽지를 쥐어주었다.

"툭!"

어라? 정 권사는 내 쪽지를 무심하게 방 안으로 내던졌다. 고개를 들어 정 권사의 얼굴을 쳐다보니 심드렁한 표정으로 내 눈을 피한 채 성경만 쳐다보고 있는 게 아닌가? 나는 옆에 서 있던 경찰관에게 들킬까 싶어 쪽지를 얼른 주워들었다. 그리고 다시 정 권사의 손에 쥐어 주었다. 이번엔 아예 양손으로 그녀의 손을 꽉 감싸 쥐었다. 그리고 간절한 표정으로 눈을 맞췄다.

'제발 부탁입니다. 나가서 이 쪽지의 내용을 한 번만 읽어 주세요.'

그런데 정 권사는 너무나 무심하게 다시 쪽지를 던졌다.

"툭!"

그리고 고개를 살짝 숙여 인사를 한다. 쪽지를 받지 못하겠다는 뜻이다. 나는 다시 한 번 쪽지를 전하고 싶었지만 이상한 낌새를 눈치챈 경찰관이 우리 쪽으로 다가오는 바람에 쪽지를 입 속에 넣어 버렸다.

"무슨 일입니까?"

"아, 아무것도 아닙니다. 제가 이 성경책을 처음 보다 보니 알려주신다고 하다가……."

"아……. 난 또 뭐라고. 알겠습니다."

경찰과 몇 마디 나누는 사이 정 권사는 자신의 자리로 돌아가 버렸다. 나는 목을 빼 정 권사가 앉은 쪽을 흘끔 봤다. 성경책을 들여다보고 있는 정 권사의 모습이 내 눈에는 하나님의 자식이 아니라

마귀할멈으로 보였다. 자비라고는 찾을래야 찾아볼 수 없는 마귀할멈. 예수는 분명 네 이웃을 네 몸과 같이 사랑하라 하셨는데 정 권사는 사이비임이 틀림없었다.

나는 조심스레 일어나 변기통 쪽으로 갔다. 그리고 입에 물고 있던 쪽지를 변기에 뱉었다. 침 때문에 이미 내용을 알아볼 수 없는 쪽지였지만 혹시나 하는 생각에 변기 물까지 내려 버렸다. 이로서 나의 증거인멸은 완전히 실패했다. 하지만 희망을 버리지는 않았다. 뜻이 있으면 길이 있다고 하지 않던가? 분명 방법이 있을 것이다. 포기하지 않는다면 말이다.

하늘은 스스로 돕는 자를 돕는다

예배가 끝나자 또 다시 심문이 시작되었다. 심문을 받는다는 건 정말 피곤하고 지루한 일이다. 나는 다람쥐 쳇바퀴 돌듯 같은 일상을 반복하고 있었고 심문을 받는 것 또한 별반 다르지 않았다. 심문이 시작되기 전부터 나는 정신을 바짝 차리기 위해 애썼다. 그런데 시간이 지나면서 너무나 자연스럽게 나중에는 뭐라고 답했는지 기억조차 나지 않게 되어 버렸다. 그저 담당 형사의 콧잔등에 주름이 자글자글했고, 점심에 비빔밥을 먹고 왔는지 입에서 고추장 냄새가 강렬하게 났다는 정도만 생각날 뿐이었다. 형사는 내게 추궁할 만큼 충분히 추궁했고 나도 부인할 만큼 충분히 부인한 상태라 조사는 얼추 마무리되어 가고 있었다. 형사들도 만족할 만한 진술을 확보했는지 그날은 다른 날보다 일찍 일어났다. 나는 유치장에 돌아와 대충 세수하고 잠이나 잘 생각이었다. 그런데 그때 경찰관이 우리 방 쪽으로 걸어왔다.

"김철중 씨, 김철중 씨가 누구세요?"

죄를 지은 건 맞지만 어쨌든 경찰이 나를 찾으면 또 불안하다.

"예? 전데요. 왜 그러시죠?"

"전화 받아보세요. 인천지방 검찰청입니다."

검찰이라는 말에 나는 살짝 굳었다.

"네? 검찰, 검찰이라고요? 검찰에서 전화를 왜 했지?"

검찰이라는 말에 긴장되기 시작했다. 하지만 긴장하고 있다는 건 죄를 지었다는 증거 같았기에 나는 아무렇지도 않은 듯 전화를 받았다.

"예, 전화 바꿨습니다. 김철중입니다."

검찰이라더니 여자다.

"김철중 씨, 안녕하세요? 저는 인천지방검찰청 박미선 검사입니다. 제가 지금 김철중 씨 자료를 검토 중인데요. 여기 진술서랑 수사 기록을 읽어보니까 김철중 씨는, 그러니까 직접 가담 정도가 낮고, 음……. 어떻게 보면 지금 상황에 대해 억울한 면이 있을 것 같더라고요."

듣던 중 반가운 소리다. 나는 전화기를 두 손으로 제대로 깍듯이 들었다.

"예, 보시는 그대로입니다. 한 치의 거짓도 없고요."

"그래요. 제가 봐도 그런 것 같아요. 그래서 말인데요, 김철중 씨. 그럼 일단은 내보내 드릴 테니까 수사에 협조 잘하셔야 합니다. 만약 연락이 두절되거나 하시면 바로 구인영장이 발부되실 수 있습니다. 아시겠죠?"

"예, 그럼요. 그럼요! 물론입니다! 무조건 수사에 성실하게 임하겠습니다!"

"네, 잘 알겠습니다."

전화를 끊고 나는 한참동안 멍한 상태였다. 분명 내보내 준다고 했는데, 검사는 언제 보내 주는지에 대해서는 단 한마디도 하지 않았다. 검사가 말을 안 해도 내가 물어보면 되는데 나는 '보내준다'는 말에 꽂혀 반드시 해야 할 질문조차 잊고 있었던 것이다. 어쨌든 분명한 것은 검사가 나를 여기서 내보내 준다고 했다는 사실이다.

형사재판을 '불구속기소'로 받느냐, '구속기소'로 받느냐에 대해서는 엄청난 차이가 있다. 동일한 범죄를 저질렀다 하더라도 불구속기소로 재판에 회부된 경우, 구속기소된 경우보다 집행유예를 받을 가능성이 훨씬 더 높기 때문이다. 검사가 불구속기소로 재판에 회부시켰다는 것은 피의자(범죄자)가 도망할 우려가 없다는 의미가 된다. 혹은 죄가 크지 않다는 것으로도 해석 가능하다. 물론 2013년부터는 점점 더 법정구속이 많아지는 추세이기는 한데, 그래도 아직까지 '불구속 재판'은 '집행유예'라는 인식이 일반적이다.

검사의 전화를 끊은 이후 내 시선은 철창 밖에 고정되어 있었다. 작은 소리에도 귀가 쫑긋 서는 것 같았고 경찰이 들어오기라도 하면 그에게 괜히 간절한 눈빛을 보내기도 했다. 하지만 한 시간이 지나도 아무런 말이 없었다. 나는 슬슬 지쳐갔다. 그래서 한쪽 구석에 비스듬히 누우려던 찰나, 경찰이 나를 불렀다.

"김철중 씨, 김철중 씨!"

"네? 저요?"

"네, 나오세요."

"저 맞습니까? 김철중 나갑니까?"

"네, 맞습니다. 집으로 가시면 됩니다. 이쪽으로 서 주세요."

마음 같아서는 소리라도 지르고 싶었으나 갇혀 있는 사람들에 대한 예의가 아님을 알기에 꾹 참았다.

유치장 밖으로 나오는 건 아주 간단한 일이었다. 간단한 몸수색을 끝내자 바로 자유가 주어졌다. 나는 조금이라도 빨리 나가고 싶은 마음으로 신발에 발을 대충 구겨 넣은 채 밖으로 나왔다. 지금 생각해 보면 중간에 신분을 확인하는 절차가 있었던 것 같은데 워낙 당황했던 터라 그때의 기억이 머릿속에 남아있지 않다.

경찰서의 문을 열고 밖으로 나오니 기분 좋은 밤공기가 폐 속으로 스며들었다. 차가운 공기가 이렇게 신선하게 다가온 적이 있었던가 싶었다. 나는 출입구를 나오자마자 소리를 질렀다. 그리고 미친 듯이 웃기 시작했다. 악랄하기 그지없는 담당 형사와의 싸움에서 이긴 것 같았다고 할까? 택시를 타고 집으로 향하는 내내 웃음이 멈추지 않았다. 택시기사가 룸미러로 나를 자꾸 쳐다보는 듯했지만 그런 시선쯤은 아무렇지도 않았다. 미친놈으로 보여도, 실성한 놈으로 보여도 상관없었다. 중요한 건 내가 다시 사회에 발을 딛었다는 그 사실 하나뿐이었다.

그날, 나는 집에 돌아와 며칠 사이 수척해진 부모님을 '걱정 말라' 다독였고 친구들에게 일일이 전화를 돌렸다. 걱정하지 말라고, 내가 누군데 유치장에 갇혀 있겠냐고, 법은 내 편이라고…….

'일상'의 소중함을 깨지 말아주길!

　유치장을 나온 후, 나는 다시 일상으로 돌아갔다. 물론 중간중간 경찰서에 불려 다니긴 했지만 기름값이 나가는 것 외엔 별 문제가 없었다. 그렇게 보름이 흘렀다. 사실 경찰서를 들락거리는 게 귀찮고 번거롭기는 했다. 오라면 오고, 가라면 가야 하는 신세다 보니 수시로 불려 다녀야 했고 그로 인해 업무에 차질이 생기기도 했기 때문이다. 하지만 자유를 잃지 않고 조사를 받을 수 있는 것 자체만으로도 나는 만족스러웠다. 더 이상 두 손을 가지런히 모을 이유가 없었고(조사 중에 수갑을 채워 두지 않으니까), 또 정수기 물을 마실 때 손을 움직이지 못해 형사들의 도움을 받을 필요도 없어졌다. 수갑과 포승을 하지 않으니 조사받을 때의 마음가짐(?)도 확연히 달라졌다. 형사들의 언성이 높아지거나 다그치는 말투를 쓸 때면 나도 함께 소리를 질러댈 수 있었다.

　"당신들 내가 지금 죄인이야? 나는 지금 어디까지나 용의자로 조사를 받고 있는 거야. 대한민국은 무죄추정의 원칙이 적용되는 나라 잖아? 나는 아직까지는 무죄고 무고한 시민이란 말이야. 내가 지금 재판 받고 죄가 확정된 죄인이야? 이봐, 나는 용의자일 뿐이라고! 어 디다 대고 큰소리야! 어?"

"어디다 반말이야? 내가 당신한테 반말했어? 나한테 존댓말 써! 당 신이 뭔데 나한테 반말이야? 내가 당신 부하냐고! 왜 무고한 시민 불 러다가 이렇게 괴롭히는 건데?"

"뭐? 당신이 내 아버지뻘이라고? 그럼 당신이 내 아버지 하든가? 아 버지뻘일 뿐이지 내 아버지는 아니잖아? 내가 당신 아들이야?"

"같은 질문 좀 반복해서 물어보지 말라고. 나 짱구 아니야. 당신들이 의도한 답이 있나 본데 요즘 형사들은 그렇게 일을 하나? 대한민국 경 찰 잘~ 돌아간다. 잘 돌아가! 시민들이 이런 걸 알아야 하는데."

나는 조사를 받는 내내 당당하다 못해 건방지게 보일 정도로 막 말 섞인 답변을 늘어놨다. 지금 생각해 보면 사실 그렇게까지 할 필 요는 없었다. 그런데 나는 삐딱해지면 삐딱해질수록, 형사의 얼굴이 일그러지면 일그러질수록 알 수 없는 쾌감 같은 걸 느꼈다. 형사들 은 그런 나를 보면서 처음엔 어처구니없는 표정을 짓다가 나중엔 한 숨을 푹푹 내쉬었다. 그러면서 호언장담했다.

"내가 어떻게든 너를 구치소에 잡아넣을 테니까 지금 마음껏 떠들어. 그래, 떠들 수 있을 때 떠들어 봐."

하지만 나는 그런 말이 귀에 들어오지 않았다.

"네네, 알겠습니다. 대한민국 형사들은 죄 없는 사람도 집어넣나 보지?"

형사들이 강하게 반응하면 할수록 나도 거칠게 반응했다. 나는 이미 한 번 영장을 꺾고 나왔을 뿐 아니라 몸값 비싼 변호사도 선임했기 때문이다. 그래서 더 이상 유치장과는 인연이 닿지 않을 거라는 확신 같은 게 있었다.

그런데 생각지도 못한 일이 하나 불거져 나왔다. 유치장에 들어가기 전, 이미 조사를 받고 있었던 다른 사건이 하나 있었는데 해당 사건의 담당 수사관이 전화를 걸어 온 것이었다. 나는 사실 그 사건을 까마득히 잊고 있었다. 조사를 받은 지 거의 6개월이 지났으니 잊을 만도 했다.

"안녕하십니까. 인천지검 710호 박성호 계장입니다. 김철중 씨 맞으시죠?"

"예, 안녕하십니까? 잘 지내셨어요?"

내가 이 양반의 안부를 묻는다는 게 참 우스운 일이었지만 어쨌든 그의 안부를 물었다.

"그럼요. 저야 잘 지냅니다. 김철중 씨는 잘 지내셨어요?

"뭐, 저야 늘 그렇죠……. 그런데 무슨 일…… 있나요?

"아, 그게……. 좋은 이야기로 전화를 드리면 좋은데…….

"계장님과 좋은 이야기를 나눌 수 있는 사이는 아니잖습니까? 괜찮습니다. 그래, 뭡니까?

"다름이 아니라, 6월 15일 인천지방법원 210호 법정에서 영장실질심사가 있을 예정이라 전화 드렸습니다. 그날 오지 않으시면 바로 구속영장이 발부되니까 꼭 오셔서 실질심사를 받으셔야 합니다."

나는 알겠다고 하고 전화를 끊었다. 분명 웃으며 전화를 끊기는 했는데, 통화 종료 버튼을 누르는 순간 올라가 있던 내 입 꼬리는 바닥으로 툭 떨어졌다. 나를 구속시킬지 구속시키지 않을지에 대한 재판이 열린다는 전화였다. 이건 가고 가지 않고의 문제가 아니다.

사실 별게 아니라고 생각하면 정말 대수롭지 않은 일이었다. 영장실질심사에 걸리는 시간은 10분이면 충분했다. 두세 시간만 짬을 내서 들렀다 오면 되는, 일종의 형식적인 절차 중 하나였다. 하지만 그럼에도 불구하고 나는 조금 불안했다. 하지만 미리 걱정을 하지 않기로 마음을 다잡았다. 내 뒤에는 몸값 비싼 변호사가 버티고 있지 않은가!

영장심사를 앞두고 나는 발 빠르게 움직였다. 증인들을 만나서 내게 보다 유리한 쪽으로 증언해 줄 것을 부탁했고 합의가 필요한 사건은 수시로 찾아가서 합의서를 받아냈다. 모든 것이 잘 풀릴 것 같았다.

드디어 영장실질심사 당일. 나는 최대한 '교회 오빠' 스타일의 옷을 찾아 입었다. 따뜻한 봄 느낌이 절로 나는 노란색 꽈배기 니트와 베이지색 면바지, 그리고 착용만 해도 '할렐루야'가 절로 나올 듯한 렌즈 없는 금테 안경도 썼다. 유행이 10년도 더 지난 '잔스포츠 백팩'까지 매고 나니 느낌이 좋았다. 누가 봐도 범죄랑은 거리가 먼 외모다. 아무리 날카로운 시선을 지닌 판사라 하더라도 내 모습을 보고 나면 '누군가의 모략에 의해 재판에 회부된 어린 양'이라는 생각이 들 것 같았다.

인천지방법원에 도착했다. 법원은 불행한 자들이 모여드는 탑골공원 같은 곳이다. 더 이상 결혼 생활을 이어 나갈 수 없다는 생각으로 헤어지기 위해 법원을 찾은 부부, 10년 동안 조금씩 저축해 놓은 돈을 사기당하고 세상을 다 잃어버린 표정으로 앉아 있는 중년의 남성, 경매에 넘어간 부동산을 구입하려고 법원을 찾은 헛배 부른 사람들……. 그들 누구도 행복해 보이지 않았다. 어쩌면 법원이라는 공간 자체가 행복이라는 단어와는 어울리지 않을지도 모른다는 생각이 들었다.

나는 입구에 앉아 있는 심드렁한 표정의 공익요원에게 재판장소를 물어서 해당 법정을 찾아 들어갔다. 잠시 후에 변호사가 왔다. 일반적인 재판의 경우 방청석에서 변호인과 그를 선임한 사람이 함께 앉아 대화를 나눌 수 있다. 그런데 영장심사 재판정은 칸막이가 막힌 접견실에서 변호인과 대화를 나눠야 했다.

"별일 없을 겁니다. 이런 정도의 사건은 집행유예를 받게 되어 있어요."

"저는 변호사님만 믿고 있습니다."

"큰 이변이 없는 한 별일 없을 테니 마음 놓고 계세요."

역시 몸값 비싼 변호사라 말 한마디를 해도 믿음이 간다 싶었다. 법원에 오기 전에는 살짝 불안한 감이 있었는데 변호사를 만나고 나니 마음이 놓였다. 그래서 주위를 두리번거리며 제법 여유로운 시간을 보냈다. 그런데 그때 문득 주차를 해 놓은 게 생각났다. 법원 안에 주차할 곳이 없어서 근처 유료 주차장에 차를 세워 놓고 왔는데 느닷없이 주차요금 걱정이 되기 시작한 것이다. 나는 재판을 빨리 끝내고 차를 빼야겠다는 생각을 했다. 이 세상에 주차요금만큼 아까운 돈은 없기 때문이다.

"김철중 씨."

교도관이 내 이름을 호명하더니 다른 두 명의 교도관이 양쪽에서 내 팔을 잡은 채 법정으로 나를 안내했다. 재판정에 들어서니 서른이 될까 말까 한 젊은 여자 판사가 내 앞에 서 있었다. 판사는 사건 내용에 대해 처음부터 찬찬히 읽어 내려갔다.

"김철중 씨, 간단히 몇 가지 여쭤 보겠습니다. 만약 구속되지 않는다고 해도 조사에 성실히 임하실 겁니까?"

"네, 물론입니다. 조사에 성실히 임하겠습니다."

"네, 좋습니다. 그런데 조사에 성실히 임하겠다는 분이 왜 그간은 수사에 그리도 비협조적이셨나요? 혹시 조사받는 과정에서 무슨 문세라도 있었나요?"

나는 아차, 싶었다. 그간 내가 조사를 받으면서 해 왔던 언행이 필름처럼 스쳐 지나갔고 순간 얼어 버렸다.

"김철중 씨!"

"아, 네······."

"조사 중에 무슨 문제라도 있었느냐 물었습니다."

"아······ 그게······ 저······."

"문제는 없었나 보네요. 더 이상 묻지 않겠습니다. 김철중 씨도 이에 대해 할 말이 없어 보이는군요. 끝으로 할 이야기가 있으면 해 주십시오."

나는 너무 당황해서 무슨 말을 어떻게 이어가야 할지 막막한 상태였다. 그래서 사실 어떤 말을 어떻게 했는지는 도통 기억나질 않는다. 그러나 이야기의 골자는 '진심으로 반성하고 있다. 모든 것은 한순간의 실수다'였다. 나는 그 말을 하면서 판사의 표정을 살피느라 혼이 났다.

내 이야기가 끝나자 교도관들은 내 양팔을 잡고 좀 전에 있었던 대기실로 나를 데려갔다. 나는 일명 '비둘기장'으로 불리는 유치감으로 향했다. 그리고 밥을 먹었다. 배식판에 밥과 반찬, 그리고 국을 담아서 줬는데 맛이 나름 괜찮았다. 나는 이내 식판을 비워 냈다. 그리고 문밖에 있는 사내에게 식판을 건네며 물었다.

"저, 여기서 언제쯤 나갈 수 있는 거죠? 제가 차를 유료 주차장에 세워 놔서 영 마음이 편치 않아서요. 주차비만큼 아까운 돈이 없지 않습니까?"

"글쎄요, 모르겠네요."

질문한 사람을 무척이나 무안하게 만드는 표정도 마음에 안 드는데 대답에도 성의라곤 찾아볼 수 없었다. 하지만 궁금해 미칠 지경이었으므로 나는 다시 한 번 물었다.

"에이, 뭘 그리 또 사무적으로 이야길 하세요? 대충 나가는 시간이 있을 거 아닙니까?"

"다른 건 제가 알려 드릴 수 있는 게 없습니다. 한 가지 알려 드릴 수 있는 건 오후 9시까지 석방 지시가 나지 않으면 구속영장이 발부된 겁니다."

"아, 9시요? 지금 3시도 안 됐으니까 아직 시간이 많이 있네요. 그런데 보내 주려면 그냥 빨리 보내 주지 뭘 그렇게 시간을 끈대요?"

나는 사내를 향해 말을 하고 있었지만 사내는 내 말에 더 이상 대답을 해 주지 않았다. 나는 자세를 고쳐 앉으며 혼잣말을 해댔다.

"석방만 된다면야 6시간쯤 기다리지 뭐. 3일도 견뎠는데 그깟 6시간은 껌이지, 껌!"

하지만 시간은 너무나 더디 흘렀다. 1시간은 지난 것 같아 남자에게 물어보면 고작 10분이 흘렀을 뿐이었다. 가슴이 답답해져 왔다. 좁아터진 방에 텔레비전 한 대가 없다. 할 일도 없고, 해야 할 일도 없다 보니 생각만 많아진다. 잠이나 잘까 싶어 바닥에 눕긴 했는데 너무 딱딱해서 허리와 엉덩이가 끊어져 나갈 것만 같았다. 과학으로 만들어진 침대와 오리털이 들어간 이불에 익숙해진 내 몸에는 도무지 맞지 않는 곳이란 생각이 들었다. 그리고 잠시 잊고 있었던 주차 요금 생각이 났다.

'어차피 내보내 줄 거, 한 시간이라도 일찍 나가야 주차요금을 덜 낼 텐데……. 아, 이게 무슨 짓이야? 벌써 이만 원이 훌쩍 넘어 갔겠네.'

지휘서가 내려올 시간이 지난 것 같은데 너무 오래 걸린다 싶었다. 그리고 시간이 흐르면 흐를수록 나갈 수 있다는 확신은 초조함으로 바뀌어 갔다. 나는 불안한 마음에 직원에게 자꾸 시간을 물었다. 그런데 처음엔 꼬박꼬박 시간을 알려 주던 직원이 나중엔 귀찮은 표정을 지어 보인다. 그리고 "아직 구속됐다는 판결이 내려오신 것도 아니고, 저녁 10시가 다 돼서 석방되는 사람도 있습니다." 하고 딱 잘라 말했다. 이후로 나는 직원에게 시간을 물어보지 않았다. 한쪽 구석에 누워 다른 생각을 하다 그냥 잠이 들어 버렸다. 그런데 잠결에 내 이름을 부르는 소리가 들렸다. 나는 벌떡 일어나 앉았다.

"김철중 씨, 구속영장이 발부되셨습니다. 간단히 검사하고 구치소로 가셔야 하니까 이쪽으로 나오세요."

이게 무슨 날벼락 같은 소린가! 이게 아닌데…… 이게 아닌데…….

2013년 6월 14일, 결국 나는 구속되었다.

2부 신입사동

501동 3방

구치소 복도 및 면회장

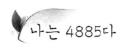

나는 4885다

사실 이따금 교도소 내부 생활이 궁금하긴 했다. 지인들로부터 교도소 이야기를 전해 들으면서 '설마 그럴까?' 하는 의구심을 가진 적도 있었고 한 번쯤 확인해 보고 싶다는 생각을 한 적도 있다. 하지만 굳이 직접 들어가 살펴보고 싶지는 않았다. 이 세상에는 일부러 직접 가서 경험해 보지 않아도 좋을 곳이 몇 군데 있는데 그중 하나가 바로 '교도소'다. 더구나 나는 크고 작은 사건에 연루되어 평균 이상으로 법원과 경찰서를 들락거린 전적이 있었다. 자랑은 아니지만 사건이 터질 때마다 워낙 수습을 잘했고, 그로 인해 구치소나 교도소를 남의 얘기쯤으로 여기며 지내올 수 있었던 것이다. 그런데 그런 내가 폭처법(폭력행위 등 처벌에 관한 법률) 3조 1항 '집단·흉기 등 협박'으로 구치소에 갇히게 되다니…….

"김철중 씨, 구속영장이 발부되셨습니다."

그 소리는 단순히 안내를 위한 멘트가 아니었다. 수갑이나 포승줄

보다도 단단하게 내 몸을 옥죄어 오는 '구속'의 시작을 알리는 소리였다. 나는 소리치고 싶었다. '이런 걸로 구치소에 가야 한다면 대한민국 국민 20대 이상 남성 3분의 1은 다 구치소에 가야 한다!'고.

암만 생각해도 법이란 놈, 참 얄궂다.

유치장에서 지하 통로를 통해 이동을 시작했다. 양손에 수갑을 차고 포승을 한 채였다. 나를 포함해 여섯 명이 굴비 엮듯 묶여 걸어갔는데 불현듯 어릴 적 하던 기차놀이가 생각났다. 물론 구치소에서의 기차놀이는 어릴 적 그때와는 달리 재미도 없고, 감동도 없고, 흥미도 없다. 시선이 마주칠 때마다 웃음을 교환할 친구는 더더욱 없다. 걸음을 옮길 때마다 툭- 툭- 튀어나오는 이런 저런 생각들은 나를 더욱더 초라하게 만들었다. 그래서 나는 머릿속을 비우려 애쓰며 시선을 앞사람의 머리에 고정시켰다. 쉴 새 없이 좌우로 움직이는 머리가 마치 자동차 와이퍼 같다는 생각이 들었다.

걷다 보니 철창문이 중간중간 나왔다. 교도관들이 목에 걸린 카드를 대거나 인터폰에 대고 뭐라고 떠드니까 철창이 스르르 열렸다. 어느덧 녹색 페인트가 칠해져 있는 복도를 지나 새로운 통로에 도착했다. 길게 이어진 복도 끝에는 교도관 두 명이 서 있었다.

"자, 이쪽으로 들어가세요."

교도관의 손이 가리킨 곳에는 1호실, 2호실, 3호실이라 적힌 방이 있었다. 우리는 1호실로 들어갔는데 그곳은 약 8~9평 정도의 정사각형에 가까운 방이었다. 한쪽 벽면에는 두 명의 교도관이 책상에 앉은 채 우리를 응시하고 있었다.

"뭣들 하고 있어? 한쪽으로 줄들 서!"

머리가 희끗희끗한, 한 눈에도 나이가 지긋하게 들어 보이는 교도관이 소리쳤다. 평소 같으면 "언제 봤다고 반말이야?" 하고 주먹이 먼저 튀어나왔을 테지만 그때의 나는 그럴 기운이 없었다. 그럴 기분은 더더욱 아니었다.

"자, 다들 이쪽으로 한 줄 맞춰 서시구요. 한 분씩 나오셔서 여기 이름 확인하시고, 가지고 오신 돈이 얼마인지 정확히 적으세요. 그리고 소지품이 뭔지도 일일이 다 적으셔야 합니다. 다 적으신 분들은 지금 드리는 봉투에 돈과 작은 소지품을 담으시고, 옷은 저기 소지가 주는 큰 더플백에 담으시면 됩니다."

교도관의 말이 끝나자 '소지'라 불리는 어린 남자애가 슬그머니 들어와 우리에게 더플백 하나씩을 건네주었다. 나는 더플백을 건네는 소지의 얼굴을 찬찬히 살폈다. 나이는 많아 봤자 21살 정도나 되었을까? 행색을 보아하니 교도관은 아닌 듯하고, 파란색 옷을 입은 모양새가 아마도 죄수인 듯했다. 그렇게 딴생각에 빠져 있을 때 교도관이 내게 질병이 있냐고 물었다. 순간 정신이 번쩍 들어 "없습니다." 하고 짧게 답한 뒤 주위를 둘러보았다. 그제야 함께 온 사람들의 모습이 눈에 들어왔다.

정장 입고 있는 남자는 눈에 눈물이 그렁그렁 맺혀 있다. 자신이 왜 여기 있는지 도무지 믿을 수 없다는 표정이다. 그의 옆에는 까무잡잡한 남자 둘이 있었는데 말이 많아도 너무 많았다. 자세히 들어보니 말이 조금 서툴다. 조선족인가 해서 말을 좀 붙여 봤더니 북한에서 넘어왔다고 했다. 어쩐지 1970년대 드라마에서나 봄직한 디자인의 점퍼에 말도 안 되는 바지를 입고 있더라니……. 나는 괜히 오지랖이 발동했다.

"이봐요, 형씨. 북한에서 힘들게 넘어왔으면 열심히 살지 여긴 왜 왔어요?"

"아니, 그게 아니라요. 넘어오자마자 국가안보부에 잡혀갔었거든요? 근데 거기서 이렇게 두들겨 패설랑은 무슨 이유인지 형무소로 보내지 뭡니까? 지금 너무 맞아서 귀가 잘 안 들립네다."

이야기를 듣고 있자니 궁금증이 더 커졌다.

"넘어오자마자 들어온 거예요? 남한 구경은 하나도 못 하고?"

"예, 그게 말이지요……."

"거기 조용히 좀 하세요. 여기 놀러 온 거 아닙니다. 떠들지들 마세요!"

교도관이 버럭 소리를 지르자 탈북자는 말을 멈추고 시선을 떨궜다. 뭔가 하소연할 내용이 있는 것 같은데 참 매정하다 싶었다. 한편으로는 '하긴……. 내가 이 사람들의 하소연을 듣는다고 해서 뭘 도와줄 수 있겠어.' 하는 생각도 들긴 했다. 그런데 잠시 정적이 흐르자 다시 생각이 바뀌었다. '아무리 그렇다 해도 그렇게 사람 말을 딱- 자르는 건 좀 아니지! 말이라도 하고 나면 속은 좀 편할 텐데 그것도 못 봐주나…….' 하고 말이다. 사회에서 만났더라면 분명 크게 뱉어냈을 소리들을 나는 꾹꾹 삼키고 있었다. 자리가 사람을 만든다더니 그 말이 틀리지는 않았나 보다.

할 일이 다 끝났는지 교도관들이 우리를 다시 정렬시켰다. 그리고 복도를 가로질러 옆에도 방이 하나 있었는데 그곳을 손가락으로 가리키며 이동하라고 지시했다. 정면에는 커튼으로 천정까지 삼면을 막아 놓은 간이 탈의실이 세 칸 있고, 오른쪽 구석에는 문의 높이가 반 정도밖에 되지 않는 간이 탈의실 하나가 더 있었다. 우리는 황토

색깔의 죄수복을 받은 후 간이 탈의실에서 옷을 갈아입었다. 교도관이 다시 한 번 소지하고 있던 돈이 얼마였는지 확인하더니 지급받은 상의와 하의, 양말의 개수를 확인해 서명란에 서명하게 했다.

참! 이야기를 하다 보니 한 가지를 빼먹었다. 죄수복을 갈아입기 전에 거쳐야 하는 중요한 과정이 하나 더 있다. 조금 전 언급한 오른쪽 구석의, 높이가 천정의 반 정도 되는 간이 탈의실에서 벌어지는 일이다. 대부분의 사람들이 이 과정을 거치는 순간 '모든 자존심을 내려놓게' 된다고 말을 한다. 사회적 체면과 지위는 물론이고 그간 쌓아온 수많은 업적(?)도 이것 앞에서는 무용지물이 된다. 바로 '항문검사'다.

유아기에 어머니가 강제로 좌약을 넣어 줬을 때와 방귀 냄새가 너무 지독해 자의 반 타의 반으로 받았던 대장내시경 이외에는 내 항문을 누군가에게 내보인 적이 없었다. 항문은 사람의 신체 중 가장 은밀한 부위이며 쉽사리 내보이지 않는 부위이기 때문이다. 그러나 구치소 입성 과정에서 나는 그간 지켜온 지존심을 여실히 까발려야 했다. 애써 떠올리고 싶지 않지만 궁금해할 사람들을 위해 기억을 풀어 놓는다.

간이 탈의실에 들어서면 뒤로 돌아서 어깨너비로 다리를 벌린다. 그런 다음 다리는 굽히지 않은 채 허리를 최대한 숙이고 양손은 발목을 부여잡는다. 그렇게 하면 자연스럽게 항문이 벌어지고 항문을 검사하기 좋은 모양새가 된다. 그러나 다행스럽게도 이렇게 비인간적인 항문검사는 오래전에 사라졌다고 한다. 치욕을 무릅쓰고 검사를 받아야 하는 수용자와 타인의 항문을 눈으로 관찰해야 하는 슬픈 직업을 가진 교도관의 인권을 존중한 처사가 아니었나 싶다. 그래서 항문검사는 시행하되 서로가 적당히 받아들일 수 있을 만한 방법으로 바뀌었다.

바뀐 방법은 예전에 비해 훨씬 간소해졌다. 안마방에서 내어줄 법한 가운을 대충 걸치고 허리높이까지만 가려지는 탈의실로 간다. 그리고 바닥에 설치된 엑스레이 위에 잠시 쭈그려 앉았다 일어나면 검사는 끝난다. 검사실 맞은편에는 교도관인지 의사인지 정확히 알 수 없는 직원이 숨도 쉬지 않고 모니터를 응시하고 있었는데 아마도 바닥의 엑스레이가 사내가 응시하는 모니터와 연결되어 있는 것 같았다.

항문검사를 받기 위해 검사실로 들어선 나는 눈을 딱 감고 재빠르게 앉았다 일어났다. 그런데 다리를 채 다 펴기도 전에 사내가 감정을 완전히 배제한 말투로 "너무 빨리 일어나셨어요. 다시 하세요."

하는 게 아닌가? 순간, 짜증이 확 치밀어 올랐다.

"아, 젠장……."

"나, 안 해!" 하고 소리치며 문을 박차고 나가고 싶었다. 하지만 그럴 수 있는 상황이 아니었다. 만약 이곳에서 내 성격대로 행동한다면 나는 구치소가 아니라 교도소로 이감되어 장기복역자로 살게 될지도 모른다. 생각만으로 끔찍했다. 그래서 나는 검사관의 요청대로 조금 천천히 일어났다.

"됐습니다. 다음이요."

항문검사를 하고 죄수복으로 갈아입고 나니 이곳을 내 의지로 나갈 수 없다는 사실이 조금씩 실감 나기 시작했다. 법무부에서 지급해 준 팬티와 '스머프 러닝', 그리고 황토색 죄수복이 한동안 나의 평상복이 될 것이라는 생각을 하니 눈앞이 깜깜해지는 것 같았다. 그나마 다행이다 싶은 건 태어나서 처음 신어 본 검정 고무신의 착용감이 그리 나쁘지 않다는 사실이었다.

복도에 나와 교도관의 지시에 따라 한쪽 귀퉁이에 한 줄로 늘어섰다. 앞쪽 벽에는 키를 잴 수 있도록 눈금 표시가 된 그림이 있었다.

"자, 이제 호명하는 대로 한 분씩 나오셔서 이쪽 벽에 그려진 눈금 아래 서면 됩니다."

교도관이 내 이름을 호명해 앞으로 나가니 숫자 몇 개가 적힌 직사각형의 종이판을 내 손에 쥐어 주었다. 이 종이판을 양손으로 잡고 번호가 보이도록 해서 가슴 앞에 든다. 그리고 탈옥영화 포스터처럼 벽에 등을 대고 서서 사진을 찍는 것이다. 교도관 중 누구도 웃거나 김치를 외쳐서는 안 된다고 귀띔해 주지 않았지만, 사람들은 하나같이 웃음을 잃은 표정으로 사진을 찍어 나갔다.

사진 촬영을 마친 후, 젊은 교도관은 우리를 두 줄로 세워 놓고 구치소에서 지켜야 할 내용들을 설명하기 시작했다. 그러나 뭐라고 떠들어 대는지 도통 귀에 들어오지 않았다. 대충 기억나는 건 평범한 구치소 생활을 하기 위해서는 교도관의 말을 잘 따라 주어야 한다는 것과 싸우면 안 된다는 것 정도뿐이다. 이런저런 설명을 하던 교도관의 입에서 '식사'라는 단어가 흘러나왔다. 그 말에 갑자기 허기가 졌다. 잊고 있었는데 나는 어제부터 거의 공복 상태였다. 구속된다는 생각에 입맛도 없었고, 유치장 밥도 맛있는 편이 아니라서 밥을 먹는 둥 마는 둥 했기 때문이다. 평소 같으면 배가 고프다는 생각을 몇 번이나 했을 텐데 그럴 정신조차 없이 반나절을 보내 버렸다. 허기가 느껴지는 걸 보니 이제 좀 정신이 드나 보다.

인솔하는 교도관을 따라 식당에 들어섰다. 학창시절에 보던 급식용 식당과 비슷한 생김새인데 그 크기가 좀 작았다. 오래된 긴 나무 테이블에 의자가 놓여 있었고 한 테이블에는 6~7명의 죄수들이 파란색 죄수복을 입고 앉아 있다. 아마도 배식을 담당하는 죄수들 같았는데 신문을 펼쳐 든 이가 있는가 하면 장기를 두는 이들도 있었다. 그중에 내 눈에 띈 것은 상의를 풀어헤친 채 흰색 러닝셔츠만 걸치고 있는 죄수였다. 러닝셔츠 아래로 삐져나온 호랑이 문신이 여간 불량해 보이는 게 아니었다. 다른 사람들의 인상 또한 그다지 좋지 않았다. 삭발에 가까운 헤어스타일에 양미간을 잔뜩 찌푸린 모습은 혹여 어깨라도 부딪히면 멱살부터 잡아 줄 듯 험악했다.

간단히 식사를 마치고 교도관들에게 직사각형의 길쭉한 '표찰'을 건네받았다. 표찰은 A4용지를 세로로 얇고 길쭉하게 잘라 코팅해 놓은 모양이었다. 위쪽에는 4885라는 번호가 위에서부터 세로로 적혀있고, 아래쪽에는 생년월일과 죄목이 적혀있다. 이 '표찰'은 구치소에서 출소하거나 이감을 가기 전까지 계속해서 나를 따라다니는 일종의 신분증이다. 방을 옮길 때나 사동을 옮겨 갈 때 반드시 챙겨야 하는 것 중 하나다. 교도관의 인솔 하에 표찰을 들고 엘리베이터를 탔다. 다들 엘리베이터 점검이라도 나온 사람들처럼 올라가는 숫자에서 눈을 떼지 못했다. 5층에서 엘리베이터가 멈췄고, 문이 열리자 정사각형 크기의 공간이 눈에 들어왔다. 좌측 안쪽과 우측 바깥쪽에 두꺼운 철문이 보였다. 우측 안쪽에는 상담실이 자리하고 있었다. 좌측 벽면에는 엘리베이터가 1대 더 있었는데, 우리가 타고 온 쪽의 엘리베이터 2대를 포함해 총 3대의 엘리베이터가 운행되고 있는 듯했다.

우리는 교도관을 따라 좌측 안쪽의 철문을 열고 들어갔다. 쭉 뻗어 있는 복도 끝에는 사동 담당으로 보이는 교도관이 앉아 있었다. 교도관이 앉아 있는 곳은 집무실 같았는데 작은 책상과 의자가 놓여 있었고, 복도 좌측으로 철문과 창살이 차례로 늘어서 있었다. 우측 벽 위쪽에는 세로 폭이 상당히 좁은 창문이 적당한 간격으로 늘어서 있는데 창문이 위치한 높이가 워낙 높고 폭이 좁아 창으로 볼 수 있는 건 많지 않으리라는 생각이 들었다. 복도를 걸으며 나는 주위를 천천히 둘러보기 시작했다. 낯선 이 공간에 적응해야 한다는 생각이 발걸음을 무겁게 누르는 듯했다. 철문 앞에는 방 번호가 붙어 있고, 방문 옆에는 표찰을 넣을 수 있는 표찰꽂이가 걸려 있다. 그 옆으로 세로길이 1.3미터, 가로 폭 1미터 정도로 보이는 창문이 있었는데 방 내부가 훤히 들여다보였다.

우리가 내린 5층은 일명 '신입방'이 있는 사동이다. '사동'이란 각 방을 모아놓은 복도를 말한다. 5층 엘리베이터를 기준으로 왼쪽 1번방부터 10번방까지 위치한 복도 라인을 501동이라 부르고, 오른쪽으로 1번방부터 10번방까지 위치한 복도 라인을 502동이라고 부른다. 다른 층도 마찬가지다. 6층에는 601동과 602동이 있고, 7층에는 701동과 702동이 있다. 이런 식으로 13층까지 1301동과 1302동으로 나눠지는 것이다. 수감자의 왼쪽 가슴에는 수감되어 있는 동과 방 번호가 쓰인 표찰이 붙여진다. 예를 들어 501동 1번방에 수감되어 있는 사람은 왼쪽 가슴에 '501 1'이라고 쓰인 표찰을 달게 되는 것이다. 오른쪽 가슴에는 자신의 수번이 적힌 표찰을 붙이게 되어 있다.

신입사동인 501동은 말 그대로 구치소에 새로 온 사람들 즉, '신입'이 오는 곳이다. '형의 집행 및 수용자의 처우에 관한 법률 시행령 제18조'를 살펴보면 신입 수용자는 다른 사유가 없는 한 3일간 신입자 거실에 수용하도록 되어 있다. 신입들은 신입사동에 3일간 머물다가 각자가 배정받은 본방(정식 명칭은 '거실'이지만 구치소 내에서 통용되는 용어 그대로 '방'이라 표현하겠다)으로 이동하게 된다. 신입방에서 보내는 3일 동안 구치소 생활에 대한 교육을 받게 되는데 자주 교정 기관을 들락거린 사람들은 빨리 본방에 올라가고 싶다는 볼멘소리를 해댄다고 한다.

나는 함께 온 사람들과 떨어져 혼자 501동 3방으로 배정됐다. 구치소에서는 죄의 종류를 몇 개의 카테고리로 만들어 그 카테고리별로 방을 배정한다. 예를 들면 재산범죄자 중 초범, 강력범죄자 중 초범, 향정신성약물위반자, 절도범, 각 죄목의 재범방 등으로 분류시키고, 그에 맞는 수용자를 입방시키는 것이다. 내 죄목은 '폭력행위 등 처벌에 관한 법률 3조 1항'이 포함된 폭행 및 협박으로, 강력범으로 분류된다. 그래서 나는 신입방 중 강력방인 3방으로 배정되었다. 정식 명칭은 '3방 혼거실'인데 역시나 그냥 줄여서 방이라고 부른다.

3방 철문 앞에 서자 철커덩 소리와 함께 문이 열렸다. 신고 있던 검정 고무신을 뒤쪽 신발장에 올리고 방에 들어섰는데 아무도 없었다. 나는 문 앞에 서서 방을 훑어봤다. 바닥은 초등학교 시절에 자주 볼 수 있었던 마룻바닥이었고 벽면은 시멘트 벽 위에 아이보리색(원래 아이보리색인지 흰색에서 색이 바랜 것인지 알 수 없지만) 페인트가 칠해져 있었다. 방 크기는 어림잡아 3~4평 정도 되어 보였는데 우측 벽 한가운데에 20인치 정도 되는 벽걸이 텔레비전이 자리 잡고 있었다. 좌측 천장 쪽에는 빨래를 널 수 있게 빨랫줄이 두 줄 늘어서 있었으며 우측에는 위쪽 두 칸과 아래쪽 두 칸으로 이루어진 네 칸짜리 수납장이 있었다. 수납장 위에는 모포가 여러 장 겹쳐진 채 놓여 있다.

그런데 그때, 내 시선을 사로잡은 것이 있었다. 바로 화장실과 싱크대였다. 화장실은 방 안쪽에 위치하고 있었는데 방 안에 앉아 화장실 안을 훤히 들여다볼 수 있게 되어 있었다. 화장실이라고 해 봤자 한 명이 들어가 앉으면 꽉 차는 크기에 좌변기가 하나 놓여 있는 게 전부다. 단순히 비좁다고만 하면 그 크기를 짐작할 수 없을 것 같아 조금 더 설명하자면, 체중이 156kg인 거구의 수용자가 들어온 적이 있었는데 그 형이 앉아서 용변을 볼 때면 화장실 양쪽 벽이 자신의 양쪽 골반과 무릎에 닿는다고 할 정도였다. 쉽게 말해 구치소 내 화장실은 사람이 쪼그려 앉아서 볼일을 보고 뒤처리를 하는데 필요한 최소한의 공간 정도만 확보되어 있다고 보면 된다.

화장실 문 앞에는 작은 싱크대가 있는데 그 위로 밥그릇과 국그릇들이 엎어져 있다. 싱크대 위로는 수도꼭지가 있어서 거기서 나오는 물로 설거지도 하고 세면도 한다. 원칙적으로 구치소 거실 내에서는 샤워가 금지되어 있으나 개중에는 교도관 몰래 샤워를 하는 경우가 종종 있다. 이렇게 도둑 샤워를 할 때에는 수도꼭지에서 나오는 물을 바가지에 받아 사용하게 된다.

"저기…… 혹시 이 방에 저 혼자입니까?"

나는 괜히 머쓱해서 물었다.

"아니요. 한 명 더 있습니다."

교도관은 이 방에 한번 들어가면 내 마음대로 다시 나갈 수 없다는 것을 알려주려는 듯 친절하지만 절도 있는 동작으로 철문을 쾅- 닫았다. 그리고 뒤도 돌아보지 않고 쌩하니 가 버렸다.

"왜 사람 말도 안 끝났는데 그냥 가 버리는 거야?"

나는 투덜대며 방 한가운데에 앉았다. 그 순간 나는 내가 구치소에 수감되었다는 사실을 새삼 깨닫게 되었다. 그리고 자유가 사라졌다는 사실을 인지하자 가슴이 답답해져 왔다. 모든 것이 멈춰버린 듯한 막막하고 까마득한 느낌은 불안감으로 이어졌고, 이는 나약해진 내 마음을 파고들기 시작했다. 사람도 없고 사물도 없다. 텔레비전도 허용된 시간이 따로 있는지 아무리 눌러도 켜지지 않았다. 읽을 책도, 신문도, 만화책도 없다. 창밖으로 보이는 풍경이라고는 복도와 신발장, 그리고 위쪽 창문 틈새로 보이는 하늘과 53층짜리 주상복합건물의 꼭대기 층뿐이다. 할 일이 없다. 할 일이 없었으면 하는 생각을 한 적은 있었지만, 진짜로 할 일이 없어 고민이 된 것은 아마도 처음이지 싶었다. 이럴 때는 잠이 최고다 싶어 누웠는데 바닥이 딱딱해서 등이 아프다. 베개가 없으니 이내 목도 아파 왔다. 집에 있는 과학으로 만들어진 침대와 진드기가 끼지 않는 침구류가 눈물 나게 그리워지는 순간이었다. 이럴 땐 친구가 필요하다 싶어, 친구 녀석에게 전화나 걸어 보려 주머니에 손을 가져갔다가 흠칫 놀랐다. 이 바지에는 주머니가 없을 뿐 아니라 휴대폰 또한 내게 없었다. 괜히 멋쩍은 생각이 들어 뒤척이며 애꿎은 머리만 벅벅 긁어댔다. 그때 교도관의 목소리가 들려왔다.

"어이- 4885번!"

'4885번?'

많이 들어 본 번호 같은데 누굴까, 생각하다 퍼뜩 '아, 내가 4885번이었지.' 하는 생각이 들었다. 그런데 이름도 아닌 번호를 부르는 교도관에게 "네!" 하고 씩씩하게 대답하는 건 내 자존심이 허락하지 않았다. 그래서 애써 태연한 척 누운 채로 고개만 돌려서 대답했다.

"예. 왜 불러요?"

"거기 그렇게 누워 있으면 안 됩니다. 낮에 거실에 누워 있으시면 안 돼요."

나는 상체를 절반만 일으킨 상태로 되물었다.

"왜요? 그게 규정입니까?"

그러자 교도관은 지극히 사무적인 말투로 "예, 규정입니다. 계속 위반하면 징계가 있습니다." 하고 대답해 주었다.

제기랄! 규정이란다. 징계가 무엇을 말하는지 정확히는 알 수 없지만 내게 유리한 상황이 아니라는 것쯤은 짐작할 수 있었다. 그래서 나는 못 이기는 척 슬그머니 허리를 벽에 기대어 앉았다. 4885로 사는 삶이 순탄치는 않겠구나 싶다.

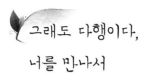
그래도 다행이다,
너를 만나서

'철커덩' 소리와 함께 남자 하나가 황토색 미결수 죄수복을 입고 들어왔다. 172cm 정도의 키에 뚱뚱한 체형, 까만 피부, 나이는 마흔 살 정도로 보였다. 어디서 막노동을 좀 했는지 팔뚝이 꽤나 굵었다. 머리를 며칠 감지 않은 듯 보였고 몸에서 지독한 악취가 날 듯했지만 실제로 냄새가 나지는 않았다. 외모가 마음에 들지 않아서 그런지 그다지 말을 섞고 싶은 생각이 들지 않았다. 이런 말을 하면 콧방귀를 뀌는 사람도 있을 테지만 왠지 그는 사회 밑바닥에 있는 진짜 범죄자 같았다. 그래서 나는 사내와 멀찌감치 떨어져 앉았다. 나는 창문 쪽 벽에 기대어 있었고 사내는 문 쪽 벽에 기대어 앉은 채 한 시간여를 흘려보냈다. 우리는 단 한미디의 말도 섞지 않았다. 그러니 대화를 하지 않았다고 해서 입을 꾹 닫고 있었던 것은 아니다. 나는 허공에 대고 쉴 새 없이 욕을 해댔다.

"아휴! 씨팔! 내가 여기 왜 있는 거야? 생각할수록 짜증 나 죽겠네. 아, 진짜! 아…… 진짜 뭣 같네!"

이는 단순히 혀끝에서 튀어나오는 의미 없는 욕이 아니라 마음속 깊숙한 곳에서부터 터져 나오는 울림이었다. 어떤 비유를 쓰면 쉽게 이해할 수 있을까? 아, 언젠가 무서운 선배가 소주 한 병을 글라스에 몽땅 따라서 연거푸 몇 잔을 마시게 한 적이 있었다. 그렇게 억지로 소주 몇 병을 들이붓고 난 후 터져 나오는 오바이트. 그 오바이트처럼 참으려야 참을 수 없는 그런 것이었다. 욕을 하면서도 나 스스로 '방언이 터졌구나.'라고 느낄 만큼 욕이 술술 나왔다. 그렇게 혼자 한 시간여를 보내고 나니 슬슬 심심하고 지루해지기 시작했다.

"저기요."

나는 남자에게 말을 걸었다. 그런데 대답이 없다.

"이봐요?"

"아…… 저요?"

"여기 그쪽이랑 저 말고 또 누가 있어요?"

"아, 예……."

몇 마디 안 했지만 어리숙한 사람임이 틀림없다.

"이런 말 묻기는 뭐한데……. 거기는 뭣 때문에 들어왔어요?"

"아, 저요?"

이런 답답한 양반이 있나!

"아! 여기 나랑 그쪽 말고 누가 또 있어요?"

"예…… 저는 강간으로 들어왔어요."

대답이 짧고 목소리가 기어들어가는 걸 보니 나와 대화를 길게 나누고 싶지 않은 것 같다. 하지만 일단 내가 심심하니까 여기서 대화를 멈춰서는 안 된다.

"강간이요? 어쩌다가…… 나이도 있으신 분이. 그런데 나이가 어떻게 되세요?"

"예…… 전 올해 서른 살입니다."

서른? 서른 살? 나는 귀를 파며 다시 물었다.

"서른 살이요?"

"네, 서른입니다."

"아니, 엄청 나이 들어 보이시는데 나랑 동갑이네? 근데 너 왜 그렇게 삭았냐? 나는 너 완전 아저씨인 줄 알았잖아!"

나는 소리 내어 크게 웃었다. 사실 별로 웃기는 일은 아니었다. 하지만 이렇게 작은 일로라도 웃지 않으면 이곳에서는 웃을 일이 전혀 생기지 않을 것 같았다. 웃겨서 웃는 게 아니라, 웃고 싶어서 억지로 웃을 거리를 찾는다는 표현이 더 정확할 것 같다.

"근데 넌 이름이 뭐야?"

동갑이라니까 일단 말을 편하게 하는 걸로!

"전 이진수예요."

"진수? 진수라……. 그런데 너 원래 인천사람이야?"

"네…… 어렸을 때부터 계속 인천에서 살았어요……."

"그래? 반갑다 야. 나도 인천 토박이야. 나는 김철중이라고 해."

내가 손을 내밀자 진수는 잠시 망설이는 듯하더니 이내 손을 마주
잡았다. 믿기지는 않지만 어쨌든 나와 같은 나이라니 그나마 위안이
되었다. 나이가 같다는 것은 같은 해에 세상에 태어났다는 말이고,
동일한 시대에 동일한 고충을 겪으며 지냈다는 이야기다. 별것 아닌
것 같지만 동갑이라는 이유만으로도 사람들은 많은 동질감을 갖게
된다. 우리는 중학교 때 함께 IMF를 경험했고, 2002 월드컵 때는 애
석하게도 고등학교 3학년이라 월드컵을 제대로 즐기지 못했다. 우리
는 각기 다른 환경 속에서 각기 다른 모습으로 성장했지만, 공통분
모가 있고 비슷한 추억거리를 지니고 있는 것이다.

"그런데, 저기…… 그쪽은 어디서 생활하세요?"

묻는 말에만 대답을 하던 진수가 내게 던진 첫 질문이다. 어디서

생활을 하냐는 말은 건달생활을 어디서 하느냐 묻는 것이다.

구치소 혹은 교도소에는 명찰의 색깔에 따라 죄목이나 신분을 구분할 수 있는 경우가 몇 가지 있는데 나는 노란색 명찰을 달고 있었다. 노란색 명찰은 범죄단체조직죄 혐의를 받고 있거나, 수사검사 혹은 교정기관에 의해 요주의 인물, 즉 조직폭력배라고 지정된 때에 다는 명찰이다. 그런 이유로 진수는 내게 어디서 생활을 하느냐고 물은 듯했다.

"아, 이거 때문에? 나는 인천의 A파야."

"아…… 그러시군요."

"응. 근데 말 편하게 해. 같은 또래끼리 무슨 존대야?"

"아니…… 그래도 저는 이게 편해서……."

역시 내 느낌이 맞았다. 이 친구, 사람 복장 터지게 만드는 재주가 있다. 순간 나도 모르게 욱- 하는 성격이 터져 나왔다.

"말귀 못 알아들어? 좀 편하게 하자고! 그게 나도 편하니까! 여기 우리 둘밖에 없잖아."

"응…… 알겠어."

진즉 좀 그럴 것이지. 생긴 것과는 딴판으로 참 숫기 없는 녀석이다. 그런데 이런 녀석이 강간이라니 좀 의아한 생각이 들었다.

"그런데 너는 징역 몇 번 살아 봤어?"

"응, 나는…… 세 번째야."

"뭐? 세 번째라고? 이거 완전 상습범이네! 선수야, 선수. 그럼 세 번 다 강간이야?"

"아니야, 두 번은 폭행이었고 강간은 이번이 처음이야. 그런데 나 진짜 강간 안 했어."

"얀마! 강간을 안 했는데 왜 여기 와 있어? 웃기는 놈이네!"

내 말에 진수의 얼굴이 갑자기 굳어졌다.

"아니…… 진짜 안 했는데."

"안 하긴 뭘 안 해. 인마! 사람이 그러면 못쓰는 거야. 죄를 짓고 구치소에 들어왔으면 반성할 줄 알아야지. 지금에 와서 안 했다고 우기면 어쩔 거야?"

진수는 숨을 길게 내쉬었다.

"알겠어. 그런데 너는 여기 왜 들어왔어?"

"나는 그냥 뭐……. 큰 죄는 아닌데 운이 없는 건지 잘못 엮어서 억울하게 들어왔어. 솔직히 죄가 없다고 하면 거짓말이지만, 징역살이를 할 만큼은 아니야. 아마 별일 없으면 곧 석방될 거야."

말을 뱉어 놓고는 '아차' 싶었다. 내가 그렇듯 진수도 억울한 사연이 있을지도 모른다는 생각이 들었기 때문이다.

"근데 너, 아까 강간 안 했다고 했잖아. 그런데 왜 강간으로 여기 온 거야?"

진수는 머리를 긁적였다. 진수의 표정이나 행동에서 뭔가 아주 복잡한 이야기가 있다는 것을 짐작할 수 있었다.

"아, 그게……. 친구네서 술을 마셨어. 그리고는 취해서 잠이 들었는데 친구가 여자 친구라고 어린 여자애를 데리고 왔더라고. 그래서 셋이서 또 부어라, 마셔라 하며 술을 마셨어. 3명이서 소주를 15병도 넘게 먹었으니까 정말 많이 마신 거지. 그렇게 술을 먹은 뒤에 친구는 일 때문에 나가고 나는 취해서 잠이 들었어. 얼마나 잤는지는 모르겠어. 한참 자고 있는데 그 여자애가 나를 깨우는 거야. 자기는 더 마셔야 된다면서 술을 한잔 더 먹자고 하더라고."

"그래? 이거 점점 스토리가 이상하게 돌아가는데? 그래서?"

"그래서 뭐, 술을 한잔 두잔 더 마시다 보니까 나도 취기가 올랐고 여자애도 취했는지 자꾸 옆으로 와서 안기더라고."

"이거 완전 이상한 상황이 벌어진 거네. 그래서? 계속 해 봐."

"그래서 입을 맞추게 되고 그러다가 결국…… 하게 됐지 뭐."

"그게 다야? 뭐야 그게? 너도 그년도 둘 다 제정신이 아닌 상태에서 관계를 가진 건데 그게 왜 강간이야? 친구의 애인이랑 잔 건 분명히 잘못한 일이지만, 어쨌든 둘이 좋아서 한 거잖아."

진수의 이야기에 지나치게 몰입했는지 내 목소리가 조금은 격양되어 있었다.

"나도 그렇게 생각했는데 여자애가 술 깨고 자기 남자친구, 그러니까 내 친구한테 강간을 당했다고 말했나 봐. 그런데 왜 그렇게 말을 했는지는 지금도 모르겠어."

"그 친구 가만히 있지 않겠는데?"

"응. 친구가 지금 나 죽인다고 난리도 아니야. 강간 신고도 친구가 한 모양이야."

진수가 또 숨을 길게 내쉬었다. 얼굴에는 근심이 가득했다.

"그러게 왜 그런 짓거리를 했냐? 과정이 어찌 되었든 네가 잘못은 했네."

"알지, 알아. 하지만 강간은 정말 아니었어."

"그래, 그래 알았다. 무슨 말인지. 힘내! 응?"

이렇게 되면 중요한 건 피해자와의 '합의'다. 그래서 나는 여자가 합의를 해 준다고 했냐고 물었다.

"아니, 그냥은 안 해 주고 500만 원을 주면 합의서를 써 준다고 했었어."

"그래? 그럼 합의 봐야지 일단. 합의 아니면 너 못 나가잖아?"

"응. 더군다나 내가 지금 집행유예 기간이라서 지금 합의서를 못 받으면 진짜 큰일 나거든. 근데 돈이 없어서……."

참 딱하다 싶었다.

"외상값(집행유예 기간)도 있어? 외상값이 얼만데?"

"징역 1년에 집행유예 2년."

"그럼 이번에 징역 받으면 장기징역 되겠네. 야! 무조건 합의 봐라. 어쩌려고 그러냐? 진짜!"

"일단은 무죄 주장을 하고 있는데 잘 안 될 것 같아."

진수의 표정이 점차 더 어두워지고 있었다. 하지만 나는 할 말은 하는 스타일이라 하고 싶은 말들을 죄다 쏟아 냈다.

"당연히 안 되지. 인마! 성폭행은 무조건 여성 피해자 주장이 우선시되는 거 몰라? 괜히 무죄 주장한답시고 까불다가 괘씸죄로 판사한테 찍히지 말고 그냥 무조건 죄송하다고 해. 그리고 합의 봐서 동종 죄목 아니니까 집행유예 한 번만 더 달라고 싹싹 빌어. 혹시 아냐? 쌍집행이라도 줄지?"

"그래? 그게 나을까? 그런데 나 진짜 그 여자애가 나한테 왜 그러는지 모르겠어. 나 정말 강제로 안 했단 말이야. 그 여자애도 내가 좋다고 했는데……."

커다란 덩치의 진수가 갑자기 눈물을 흘리기 시작했다. 아, 나는 우는 남자는 딱 질색인데. 더구나 덩치도 산만한 녀석이…….

"야! 울지 마. 꼴 보기 싫으니까. 별일 아니잖아. 그냥 합의금 주고 합의 보면 되는 거 아냐?"

"그렇기는 한데 합의금 줄 돈이 없어서……. 밖에도 돈 빌려줄 사람이 없어. 내가 밖에라도 있으면 어떻게든 돈을 빌려 보겠지만……. 여기 있는데 누가 돈을 빌려주겠어? 난 아버지도 안 계시고, 어머니는 몸이 아프서서 잘 걷지도 못하시는데……."

인생극장 한 편을 휘리릭 본 듯했다. 참 딱하다 싶기도 하고.

"야, 그래도 돈 500만 원 때문에 인생 2~3년이 왔다 갔다 하는 게 말이나 되냐? 어떻게든 해 봐야지! 방법이 있을 거야."

"응. 그래야지. 휴우……."

진수는 땅이 꺼져라 한숨을 쉬며 고개를 떨궜다.

진수의 억울한 사연을 알고 난 후 나는 진수가 조금 더 가깝게 느껴졌다. 더욱이 구치소에 들어온 뒤 처음으로 만난 친구 아니던가! 그뿐만이 아니었다. 나는 진수를 통해 구치소에서의 생활법을 하나씩 배울 수 있었다. 식사 준비하는 방법부터 텔레비전 시청 시간 그리고 잠자리에 드는 것까지 나는 하나부터 열까지 진수에게 물었고 진수는 친절히 답해 주었다. 단 한 번도 귀찮아하거나 짜증 내는 법 없이 말이다. 그렇다고 진수의 모든 것이 마음에 드는 것은 아니었다. 밥을 많이 먹고, 잘 때 코를 심하게 골고, 머리를 매일 감지 않는 것이 조금은 못마땅했다. 하지만 궂은일도 마다하지 않고 먼저 하는 그 우직함과 순박함에 나는 끌렸다. 만약 진수를 사회에서 만났더라면 일주일에 한 번쯤 만나 소주잔을 기울이며 세상 사는 이야기를 풀어 놓아도 좋겠다, 싶은 생각이 들 만큼.

첫 접견,
아크릴 벽을 사이에 두고

점심을 먹고 무료하게 시간을 보내고 있는데 소지가 창문으로 다가와서 "접견이요." 하며 용지 하나를 놓고 갔다. 그러자 진수가 얼른 일어나서 쪽지를 집어 들었다.

"철중아. 너 접견 왔어."

나는 앉은 상태에서 되물었다.

"접견? 그래? 누군데?"

"여기 이름이 적혀 있어. 음…… 어머니 같은데……."

진수가 내게 종이를 건넨다.

"아, 부모님이랑 정수 형님이 같이 오셨구나."

접견 용지에는 접견 회차와 수용자의 이름 및 수번, 접견인의 이름이 적혀 있었다. 접견을 통지받고 수용자가 준비할 수 있는 시간은 길어야 5분, 그 안에 모든 준비를 끝내야 한다. 나는 대충 옷매무새를 고치고 접견대기실을 거쳐 접견실에 도착했다. 자신의 접견실 문 앞에 서면 문에 나 있는 작은 창문과 그 옆에 나 있는 큰 창문을 통해 접견실 내부가 보인다. 훤히 보이지는 않음에도 불구하고 괜히 가슴이 뭉클하고 설   다.

음악이 울리자 내가 먼저 접견실에 입장해 앉았다. 그리고 잠시 뒤 반대쪽 문을 열고 어머니와 아버지, 그리고 친형은 아니지만 친형과 다름없는 정수 형님이 들어왔다. 어머니는 넋이 나간 얼굴로 의자에 앉았다. 나를 물끄러미 바라보는 세 사람에게 무슨 말을 어떻게 해야 할까? 갑자기 머릿속이 복잡해졌다. 더구나 어머니와 아버지의 눈엔 눈물이 가득 차 있었다. 죄책감이 쓰나미처럼 밀려왔다.

"죄송해요. 어머니……."

어머니의 눈빛도, 입술도 몹시 떨린다.

"아이고, 철중아……. 이게 무슨 일이냐……."

나는 차마 어머니를 똑바로 볼 수 없었다.

"그러게요. 정말 면목이 없습니다."

"지낼 만하니? 아휴…… 답답해서 이쩨?"

어머니의 얼굴이 더 안쓰러운데 어머니는 내 걱정만 쏟아냈다.

"지낼 만해요. 제 걱정은 하지 마세요."

분명 괜찮다 했는데, 애써 밝은 표정도 지어 보였는데 그런 노력에도 아랑곳없이 어머니는 참았던 울음을 터뜨렸다.

"여보…… 우리 철중이 어떻게 해요."

손으로 얼굴을 가리고 우는 어머니를 보고 하마터면 같이 눈물을 쏟을 뻔했다. 나는 절대 울어서는 안 되는 사람이었다. 행여 내가 약한 모습을 보이면 부모님이 더 힘들어질 것을 알기에 터져 나오는 울음을 참고 또 참았다. 내 입술이 파르르 떨리고 있음을 느낄 수 있었다. 그때 아버지가 내 이름을 나지막이 불렀다.

"철중아. 걱정하지 마라. 금방 나올 수 있을 거야."

"예, 아버지. 저도 별로 걱정 안 해요. 이번에 영장실질심사에선 잘 안 됐지만 구속적부심에서는 아마도 나가지 않을까 싶어요. 그럼 여기 있는 시간이 한 달도 안 되는 거니까 그 정도는 뭐 견딜 수 있어요."

"그래. 변호사도 무조건 나올 수 있다고 하니까 한번 믿어 보자. 그런데 안에서 생활하는 건 불편하지 않니? 필요한 건 다 있고?"

"불편한 거 하나도 없어요. 밥도 생각보다 맛있게 나오고 내부 환경도 생각했던 것처럼 심하게 나쁘진 않아요. 사실 밥도 어머니가 해 주는 것보다 훨씬 맛있어요."

어머니의 울음을 멈춰 보려 던진 말인데 어머니는 눈물을 닦아내

느라 내 말에 귀 기울일 틈도 없어 보였다.

"그럼. 너희 엄마 밥보다 맛없는 곳 찾기가 여간 어려운 일이 아니지! 이놈, 그래도 농담을 하는 걸 보니 지낼 만하구먼. 당신도 그만 울어요. 이놈 어차피 한 달도 안 돼서 나온다고 하잖아요."

"아무튼 어머니. 저 잘 있으니까 너무 걱정하지 마세요. 그냥 좀 쉬러 왔다고 생각하세요."

어머니는 퉁퉁 부은 눈으로 나를 바라보고 있었다. 아마도 밤새울었을 게다. 그렇게 울고도 또 흘릴 눈물이 있다니……. 어머니를 보고 있자니 가슴이 찢어지듯 아파 왔다.

"빨리 해결하고 나갈 거예요. 어머니, 그러니까 그만 우세요. 자꾸울면 두통 생겨요."

보다 못한 아버지가 어머니의 팔을 잡아끌며 나가자고 했다. 그러나 어머니는 내가 정수 형님과 이야기를 나누는 모습이라도 보겠다며 극구 나가지 않겠다고 한다. 그렇게 우리에게 주어진 접견시간 7분이 흘러가고 있었다. 접견이 끝났다는 것을 알리는 음악 소리가 울리자 어머니의 눈가가 또다시 붉어졌다. 어머니는 내게 한마디라도 더하고 싶어 가림막에 얼굴을 대고 무언가 자꾸 이야기를 했지만정작 나는 아무런 소리도 들을 수 없었다. 하지만 나는 어머니를 향해 애써 웃음 지으며 고개를 끄덕여 보였다. '말하지 않아도 다 안다.' 는 듯이. 그렇게 몇 차례 더 알아들었다는 제스처를 취한 후에 나는 접견실 밖으로 나왔다. '접견 후 대기실'로 가자마자 나는 의자에 털썩 주저앉았다. 머릿속이 복잡했다.

징역은 나 혼자만 살면 되는 것이 아니었다. 만약 징역을 사는 사람이 철저히 혼자이거나 그를 기다리고 그리워하는 사람이 단 한 명도 없다면 그는 징역을 혼자 사는 거다. 하지만 나를 기다리고, 그리워하는 단 한 명의 사람이라도 있다면 징역은 혼자 사는 게 아니라 그 사람 혹은 그들과 함께 사는 것이었다. 구치소에 들어온 것이 마냥 억울하다 생각했는데 나보다 더 억울하고 애통한 사람들이 있었다. 아무런 죄를 짓지 않았음에도 불구하고 나라는 사람 때문에 나보다 더 고통받는 사람들……. 그들에게 죄가 있다면 나를 만난 죄, 나를 사랑한 죄, 그리고 죄인인 나를 매몰차게 버리지 못하고 기다리는 죄뿐이지 않을까?

세상에 무조건은 없다

"3방입니다!"

소지가 3방 문을 열어달라고 복도 끝에 앉아있는 교도관에게 소리를 쳤다. 그러자 '철커덩' 하는 소리와 함께 문이 열렸고 둘리 친구 '마이콜'을 떠올리게 만드는 외모의 남자가 들어 왔다.

"뭐야? 진수야."

나는 마이콜과 진수를 번갈아 보며 물었다.

"신입이야."

신입이라……. 신입이라니까 괜히 고참 노릇이 하고 싶어졌다. 일종의 기선 제압이 필요하다는 생각이 들었다고 할까? 나는 벽에 비스듬히 기대앉은 자세로 마이콜에게 시선을 고정시켰다.

"어이! 신입 아저씨. 아저씨는 왜 들어왔어요?"

진수처럼 마이콜도 타인에게 쓴소리 한번 못 하게 생긴 얼굴이다.

"예. 친구들과 술 마시다 옆 테이블이랑 싸움이 붙었어요. 저는 그냥 그 옆에만 있었는데, 진짜 아무것도 안 했는데 어쩌다 보니 여기 들어와 있네요. 아…… 정말 억울합니다."

억울하다는 말은 이곳에 오는 사람들이 말하는 십팔번이다. 그래서 나는 뭐가 그리 억울하냐고, 그 사연이나 좀 들어보자 했다.

"그날 친구들하고 인천 부평에서 술을 마시고 있었는데요. 술을 마시다가 제 친구 두 명하고 다른 테이블의 남자들하고 시비가 붙게 됐어요."

"그래요? 그쪽은 몇 명인데?"

"상대방은 한…… 5~6명 정도요?"

"쪽수에서 차이가 나네."

"처음엔 그냥 언성만 높고 욕설만 좀 오갔는데 어쩌다 보니 주먹다짐이 시작됐어요. 이러다 정말 큰일 나겠다 싶은 생각이 들어서 저는 계속 말렸어요. 그런데 싸움이란 게 시작되면 쉽게 끝나지 않잖아요. 친구 중 한 명이 감정이 격해져서 병으로 상대방 머리를 내려쳤나 봐요. 저는 몰랐어요. 사람이 많고 워낙 아수라장이다 보니 경황도 없었고요. 누가 병으로 내려쳤는지는 모르겠는데 상대방 사람들이 저를 지목했대요. 저는 정말 아니거든요."

이야기를 하는 마이콜의 양미간이 잔뜩 찡그려져 있었다. '나, 진짜 억울해!' 하는 마음을 보여주기라도 하듯.

"아저씨가 병을 든 게 아니고 그냥 말리기만 한 거야? 그런데 그 사람들은 왜 그렇게 진술을 한 거지?"

"그러니까요. 저도 정말 모르겠어요. 그동안은 불구속으로 재판을 받았었는데 오늘 법정구속 됐어요."

얼마나 받았냐고 했더니 1년 6월이라 했다. 그러면서 자신이 어떻게 해야 하냐고 내게 물었다. '이 양반이 지금 내 코가 석 잔데 누구한테 묻는 거야?'라고 말해 주고 싶었지만 나는 신입방 고참 아니던가? 신입을 대하는 고참의 자세를 일관되게 유지해야 했다.

"음……. 일단 상대방이 모두 아저씨를 지목했으면 그게 진실이든 아니든 빼도 박도 못하는 상황이네. 병을 들었으면 폭처법 3조 1항인데 이건 원래 벌금형이 없는 거거든. 3조 1항이 꼈으면 잘 풀리면 집행유예, 아니면 1년 6월이 일반적으로 최하형인데 형씨는 그나마 최하로 받은 거야."

여기서 이야기 하는 '폭처법'은 다음과 같다. 폭처법은 흉기 등을 사용하거나, 집단으로 혹은 상습적으로 폭력을 휘두를 경우 단순 폭력에 비해 가중 처벌을 하기 위하여 제정된 법률이다. 정확한 명칭은 '폭력행위 등 처벌에 관한 법률'인데 동법 제3조 제1항의 내용에는 '흉기 등 기타 위험한 물건을 휴대해 상해를 입힌 사람은 3년 이상의 유기징역으로 처벌한다.'라고 명시되어 있다. 구치소 강폭방(강력범죄방)에 들어온 수용자들 중 3분의 1 이상이 이 죄목을 등에 업고 들어온다. '흉기 등 기타 위험한 물건'이라는 범위가 애매모호해서 쉽게 적용이 되는 데다가(다른 사람이 자동차 키로 사람을 찔렀다가 해당 법 조항이 적용되는 경우도 봤다. 자동차 키가 흉기 등 위험한 물건이라면 세상에 흉기가 아닌 것이 무엇이 있겠는가?) 일단 해당 법 조항이 적용되면 벌금형 없이 최소 집행유예이기 때문에 구속될 확률이 비교적 높기 때문이다. 폭처법 3조를 적용받는 수감자가 유난히 많은 이유는 한국 사람의 급한 성격 때문이지 않을까 싶다. 남의 이야기를 차근히 듣기보다 내 감정에 욱해서 일단 무언가 들고 던지고 보는 행위들이 사건을 키우고 있으니 말이다. 아무튼 이 '흉기 등 기타 위험한 물건'의 범위가 애매하다는 것에 많은 사람들이 공감하고 있는 것은 분명하다. 그래서 2013년 12월 20일자로 '흉기 등 기타 위험한 물건'의 한계가 모호하고 '법정형 또한 지나치게 무겁다'는 이유로 해당 법 조항의 위헌법률심판이 헌법재판소에 제청된 상태다.

내 이야기에 온 신경을 곤두세우고 있던 마이콜의 얼굴이 굳어졌다.

"예? 그래요? 아니, 그러면 저는 못 나가는 건가요? 아, 정말 큰일 났네. 아직 회사에 뭐라고 보고도 못 올렸는데."

"어이구! 그러게 재판을 받을 땐 미리 언급이라도 해 놓고 와야지 그냥 오는 사람이 어디 있어요?"

신입의 양미간이 종잇장처럼 구겨졌다.

"전 정말 제가 구속될 거라고 생각도 못 했거든요. 저는 무조건 벌금이나 집행유예가 나올 줄 알았어요."

무조건? 무조건이라고?

"사람 일에 무조건이 어디 있어, 무조건이."

말을 해 놓고도 괜히 무안해졌다. 순간 내 목소리가 평소보다 컸기 때문이기도 하고, 나 또한 '무조건'을 믿고 있었기 때문이다. 나는 무조건 나갈 거라는 믿음이 그나마 나를 견디게 하는 힘이었다. 그런 내가 타인에게 무조건이 어디 있냐고 소리친 것이다. 그리고 그 순간 깨달았다. 그래, 세상에 무조건은 없다. 그러면 나는, 나는 어떻게 되는 거지?

구치소도 결국 사회다

"기상!"

"기상 점호!"

"3방! 하나! 둘! 셋! 안녕하십니까!"

계장과 주임이 기상 점호를 하며 아침을 시작했다. 오늘은 본방으로 전방을 가는 날이다. 새로운 곳에 가서 또다시 적응을 해야 한다는 두려움이 밀려드는 아침이다. 비록 2박 3일이었지만 진수와 헤어지는 것도 조금은 서운했고, 옮겨간 방 사람들 성격이 우악스러우면 어쩌나 걱정도 들기 시작했다.

"진수야, 본방에 가면 처음에 어떻게 해야 돼?"

진수는 나를 빤히 쳐다봤다. 아, 이 자식! 말귀를 못 알아들은 것 같다. 나는 살짝 격양된 목소리로 다시 말을 이었다.

"뭔 소린지 몰라? 본방에 처음 들어가면 분위기는 어떤지, 또 기선 제압은 어떻게 해야 하는지 뭐 그런 걸 묻는 거잖아. 가서 바보 취급

받지 않으려면 어느 정도는 알고 가야 할 것 아냐?"

그렇게 상세히 질문했는데 진수는 뭐부터 어떻게 설명을 해 줘야 할지 모르겠다고 한다. 그래서 나는 일단 사람과 관련한 것부터 이야기를 해 달라고 했다.

"일단 대방은(약 4.5평 정도의 혼거실을 지칭한다) 사람이 적을 땐 6~7명도 있는데 많을 때는 17~18명씩 함께 지내. 여기 이 방이 바로 대방이야."

나는 2박 3일 동안 질리고 질리게 봤던 방을 다시 한 번 둘러봤다.

"여기가 대방이라고? 야! 이렇게 좁은 방에서 17명, 18명이 무슨 수로 잠을 자? 움직이지도 못하겠다."

"이렇게…… 한 명은 머리를 왼쪽으로 놓고, 다른 한 명은 머리를 오른쪽으로 놓고……. 그렇게 지그재그로 누워서 칼잠을 자는 거야."

진수는 손짓까지 해 가며 열심히 설명을 해댔다. 그러나 나는 '칼잠'이라는 단어에 머리카락이 쭈뼛 서는 것 같았다. 아무리 죄를 지었다지만 똑바로 눕지도 못하고 옆으로 누워서 자야 한다니……. 이 또한 내가 치러야 하는 죗값 중 하나인 걸까?

"와! 그럼 진짜 답답하겠다. 여름에 가만히 앉아만 있어도 더운데 어떻게 그렇게 다닥다닥 붙어서 자냐? 잘 때 저 위에 형광등 안 꺼

주는 것만도 짜증 나 미칠 지경인데. 생각만 해도 답답- 하다. 그러면 방에 직책 같은 것도 있어?"

"직책이라고 할 것까지는 없는데 몇 명 역할이 있는 사람들이 있어. 각 방에는 '봉사원'이라는 게 있거든. 봉사원은 그 방 수용자를 대표하는 일종의 방장 같은 거야. 방장이라고 해서 특별한 혜택을 받는 건 없어. 방 사람들이 조금 대우를 해 주는 게 있긴 한데 그것 말고는……. 아, 가끔 방에서 싸움이 나거나 문제가 생겼을 때 주임들이 그 방의 봉사원을 먼저 불러서 이야기를 하기도 해."

"그 말은 구치소 직원들도 봉사원의 존재를 인정한다는 거네?"

"그렇다고 할 수 있겠지? 이곳에서는 의무적으로 한 방에 봉사원을 한 명씩 선출하도록 되어 있는데 그렇다고 또 공식적으로 봉사원을 인정하는 건 아니야."

의무적이기는 한데 공식적인 건 아니라고? 더 깊이 들어가 봤자 머리만 아프겠다는 생각이 들었다.

"그럼 봉사원은 누가 하는 건데?

"일반적으로는 방에서 나이가 좀 있는 사람들이 봉사원을 맡아. 방 사람들의 추천으로."

나는 진수에게 봉사원에게 그냥 잘하면 되는지, 아니면 납작 엎드려야 하는지를 물었고 진수는 원만한 관계를 유지하는 게 좋다고 말해 주었다. 그리고 '총무'에 대해서도 설명해 주었다. 사회에서와 마찬가지로 구치소에서의 총무도 금전적인 부분을 담당하는 사람이라고 했다. 그런데 이야기를 듣다 보니 의아한 생각이 들었다.

"구치소에서 금전을 맡을 일이 뭐가 있어?"

"제일 큰 부분은 구매지."

"구매? 야, 여기서 살 게 뭐가 있다고 구매냐?"

"아냐, 여기도 돈 주고 사서 쓰는 게 많아. 독거실에 가면 자기 혼자 있으니까 먹고 싶은 것이 있으면 그냥 시켜서 먹으면 되는데 혼거실은 아무래도 여러 사람이 있다 보니까 공동으로 함께 시켜."

"뭘 시키는데?"

"음식이나 비누, 치약, 칫솔 같은 생활용품, 먹을 반찬 같은 거."

"뭐? 반찬을 공동으로 시킨다고?"

구치소라는 곳은 알면 알수록 신기한 사회다.

"응, 공동으로 시킬 수밖에 없어. 한 사람당 한 번에 구매할 수 있는 한도가 정해져 있고 구매 날짜도 일주일에 2번이거든. 그리고 구매를 신청하면 바로 가져다주는 게 아니라 3~4일 정도 걸려. 그래서 미리 사용량을 계산해서 시켜야 하는데 그 역할을 총무가 하는 거야. 그리고 다 같이 먹는 떡갈비, 소시지 같은 반찬류나 고추장, 버터, 간장 같은 양념류. 과자, 음료수 같은 간식류는 계산해서 함께 시키는 경우가 많아."

"그런 것도 다 돈 주고 사야 하는 거야?"

"여기도 사회랑 별반 다르지 않다니까."

"그건 그렇다 치고, 그럼 총무가 주문을 하는 거야?"

"방에 필요한 물품 목록을 총무가 노트에 적어 놓고 품목의 전체 금액을 더하는 거야. 그래서 방 사람들 중 영치금이 있는 사람 수만큼 나눠서 돈을 지불하게 하는 거지. 한 사람당 부담액을 엇비슷하게 맞추는 거야. 그래야 공평하고 또 부담스럽지 않잖아."

갇혀 있어도 돈이 필요한 건 매한가지였다. 다들 똑같이 돈을 내는데 나만 덜 낸다고 할 수도 없는 노릇 아닌가?

"그럼 돈이 없는 사람들은 어떻게 해?"

"영치금이 없는 사람이 설거지를 좀 더 한다든가 아니면 청소를 좀 더 하던가 하는 거지. 방 내에서 조금씩 불이익이 주는 경우도 있긴 한데 그건 뭐 방마다 달라. 꼭 그렇지 않다고 해도 방에서 눈치를 보게 되는 건 어쩔 수 없는 것 같아."

"영치금이 뭐라고 구치소까지 와서 눈치를 보냐? 그것도 사람 할 일 아니다."

"영치금이 없으면 아무래도 좀 팍팍하지. 옷 같은 것도 다 돈 주고 사야 하니까."

옷을 돈 주고 산다는 말에 나는 정신이 번쩍 났다. 혹시 내가 잘못 들은 걸까?

"옷을 돈 주고 산다고? 지금 입고 있는 이 똥색 옷 말하는 거야? 이거 난 공짜로 받았어."

"그건 '관복'이라고 관에서 주는 옷이야. 그건 당연히 공짜지. 이 관복은 남들이 입은 걸 계속 돌고 돌아 입게 되니까 깨끗하지가 않아."

"어쩐지! 이 옷 처음엔 정말 입기 싫더라고. 빨래도 얼마나 안 했는지 냄새가, 어후……. 사이즈도 잘 안 맞아서 지금도 불편해. 내가 이런 옷을 입고 있을 줄 누가 알았겠어?"

"너처럼 말하는 사람들 종종 있어. 그래서 남이 입던 옷 안 입으려고 옷을 구입하는 거야."

"구입하는 건 어떤 옷인데?"

"우리가 보통 방 밖으로 나가거나 점호를 할 때 관복을 입어야 하잖아. 그런데 지금 입고 있는 이 관복 말고 '평상복'을 사서 입을 수가 있는 거야. 평상복은 당연히 새 옷이고 관복하고는 색상이나 질이 아예 달라. 예를 들면 관복 중에서 하복은 황토색 반팔 상하의인데, 평상복 하복은 하늘색 반팔 상하의야."

"아니, 그럼 완전히 다른 옷이잖아?"

"응. 안에 입는 티셔츠 같은 것도 메이커냐 아니냐에 따라 가격 차이가 크게 나. 양말도 마찬가지고."

구치소 안에서 메이커라……. 좀 우습다는 생각이 들었다. 학창 시절 메이커 운동화에 열광하던 모습도 살짝 떠오르고 말이다.

"메이커라고 가격도 더 비싸겠네?"

"물론이지. 예를 들어 나이키 양말이 한 켤레에 6~7천 원이면 그냥 양말은 1,400원에서 2천 원 사이야. 티셔츠도 메이커가 4만 원 정도 하면 일반 티는 만 원도 안 하고."

"우와! 그럼 이 안에서도 돈이 있느냐 없느냐에 따라서 입고 다니는 옷이나, 하고 다니는 행색이 크게 다르겠구나?"

"그럼. 적어도 돈이 어느 정도 있는 사람이냐, 아예 없는 사람이냐 정도는 한눈에 구분을 할 수 있어."

구치소에서도 망신 안 당하고 눈치 안 보고 살기 위해서는 돈이 즉, 영치금이 있어야 되는구나 싶었다. 다음에 누군가가 면회를 오면 꼭 영치금 좀 넣어 달라 부탁해야지 하고 있는데 진수가 '왈왈이'를 아냐고 물었다.

"왈왈이? 개야?"

"개는 무슨……. 왈왈이가 뭐냐면, 방에 따라서 건달이 있는 방이 있고 건달이 없는 방이 있어. 보통 건달이 있는 방은 건달이 그 방을 통솔하기 마련이야. 그렇게 방을 통솔하는 건달을 왈왈이라 부르는 거지. 다시 말해서 건달들이 일종의 방 정치를 하는 거야. 나이를 불문하고 분위기가 그렇게 돼. 아무래도 건달들이 징역도 자주 살고 또 이 안에 아는 사람들도 많고 그러니까. 아마 철중이 너도 본방에 올라가면 왈왈이를 맡게 되지 않을까?"

완장을 하나 차게 될 수도 있다니 귀가 솔깃해졌다.

"그래? 나 그런 거 좀 귀찮은데. 그래도 해야 한다면 어쩔 수 없지 뭐. 그럼 왈왈이는 어떻게 해야 하는데?"

"방 내 규율을 잡아야지. 그런데 규율은 잡되 또 어느 정도 풀어줄 땐 풀어주는 게 필요해. 그리고 방 사람들이 부당한 일을 당했을 땐 나서서 신경을 써 주고……. 뭔가 물품이 부족할 때도 교도관에게 강하게 요구해 주고……. 이런 식으로 방 사람들의 입장을 좀 대변해 주어야 하는 거야. 아무래도 건달이 있는 방이 없는 방보다는 사건 사고가 덜 생기거든. 그래서 교도관들도 건달이 있으면 힘을 좀 실어 주는 편이야."

아직 왈왈이가 된 것도 아닌데 이미 내 머릿속에는 무엇을 어떻게 해야 하는지 계획도가 그려지고 있었다. 그런데 갑자기 진수가 손뼉을 쳤다.

"아차차! 중요한 거 빼먹을 뻔했다. 방 생활도 알아야지. 일단 처음 신입이 들어오면 간단히 인사를 시켜. 방 사람들이 둘러앉아 일종의 자기소개 같은 걸 하는 거야. 예전엔 일명 '신입식'이라고 노래도 시키고 막 그랬는데 요즘엔 다 금지되어서 그냥 간단히 소개만 하는 분위기야."

"그럼, 소개만 하면 끝나? 신입이 따로 할 일은 없는 거고?"

"신입이 들어오면 하는 일이 있어. 바로 설거지."

"뭐? 설거지?"

"응, 설거지는 방 사람 중 두 명이 하게 되는데 보통 신입하고 신입 바로 앞에 들어온 사람이 하는 게 일반적이야."

"그럼 설거지는 언제까지 하는데?"

"그건 방마다 다르지. 만약 신입이 오랫동안 안 들어오게 되면 가장 늦게 들어온 신입이 설거지를 계속 해야 해. 운이 좋아서 신입 두 명이 빨리 들어오면 금방 졸업하게 되는 거고."

"아……. 난 설거지 엄청 싫어하는데. 설거지만 졸업하면 해야 하는 일은 없는 거지?"

"아니……. 그다음에는 뭐, 빗질하는 사람, 걸레로 방 닦는 사람, 뜨거운 물 받는 사람 등 역할이 여러 가진데 순위는 방에 따라 조금씩 틀려. 아무래도 제일 힘든 일이 설거지다 보니까 신입이 설거지한다는 규칙만큼은 거의 동일해."

진수와 이야기를 나누면서 구치소 생활에 대한 전반적인 분위기를 확인할 수 있었다. 적어도 방에 들어가자마자 한 명 걸어차면서 기선 제압을 시작해야 했던 10년 전 소년원 분위기와는 많은 차이가 나는 듯했다. 가장 의외였던 부분은 영치금이었다. 자본주의 사회에서 유일하게 구치소나 교도소만이 자본의 지배를 벗어난 공간이며 만인이 같은 조건하에 살 수 있는 곳이라 생각했었는데, 들어와서 보니 이곳 역시 자본주의의 지배를 받고 있었다. 아니, 오히려 사회보다 이곳이 더 치열하고 복잡한 자본주의 사회였다. 사회에서는 돈이 없으면 아무것도 사지 않고, 아무도 만나지 않는 자유라도 허락된다. 하지만 이곳에서는 돈이 없으면 어쩔 수 없이 타인에게 양해를 구해야 하고 따가운 시선을 받으면서도 견뎌야 한다는 게 놀라웠다. 더

구나 구치소는 교도소와 달리 직접 돈을 벌 방법이 없지 않은가? 나
는 과연 구치소라는 이 사회에 얼마나 잘 적응할 수 있을까? 시간이
가면 갈수록 두려움도 커져 갔다.

3부

901동 1반

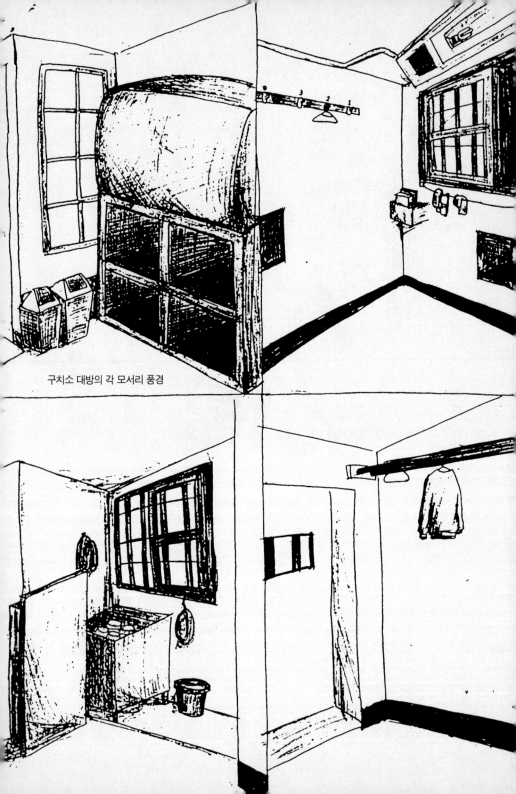

구치소 대방의 각 모서리 풍경

부디, 시작이 반이기를!

"김철중 씨, 이진수 씨. 전방 갈 준비하세요."

아침 식사를 하고 잠시 누워 있는데 교도관이 전방을 준비하라고 찾아왔다. 진수의 도움으로 표찰에 수번과 방 번호를 찍고 나니 비로소 실감이 난다. 이제 나는 901동으로 진수는 902동으로 가야 하는 것이다. 짧은 기간이었지만 그 사이 진수와 정이 들어서인지 섭섭했다. 진수도 서운한 건 마찬가지인 듯했다. 우리는 행여 사회에서 만나게 된다면 쓴 소주 한잔 기울이자고 약속했다. 그렇게 서운함을 토로하고 있을 때 교도관이 왔다. 우리는 교도관을 따라나섰고 나는 901동 복도 앞 철문에, 진수는 반대쪽 복도 앞 철문에 서게 되었다.

"신입입니다!"

소지가 큰 소리로 말했다. '신입 온 거 어디다 광고하나?' 싶었다. 좀 조용히, 소리 소문 없이 901동에 자리를 잡고 싶었는데……. 괜히 더 긴장됐다. 나를 더욱 긴장시킨 것은 방으로 가는 길이었다. 총 10

개의 방을 지나게 되었는데 방의 철장마다 사람들이 매달려 있었다. 신입의 얼굴을 구경하겠다는 것이다. 나는 혹시라도 주눅 든 티가 날까 봐 일부러 나를 구경하는 사람들을 쳐다보며 걸었다. 애써 당당하려 노력했지만 사실 등줄기에는 땀이 좀 맺혔다. 그렇게 교도관 앞에 도착했다.

"김철중 씨."

"예, 맞습니다."

"앉아."

이럴 때 '벙 찐다.'라는 표현이 가장 적절하다. 언제 봤다고 반말인지. 나는 교도관을 쳐다봤다. 아니, 당장 한 대 칠 눈빛으로 째려봤다.

"앉아."

반말도 기분 나쁜데 똥개 훈련시키듯 앉으라니? 그래도 시키면 시키는 대로 해야 하는 상황이니 일단 앉았다.

"일어서."

그래, 이번 한 번만 참자. 나는 속으로 참자, 참자, 참자, 몇 번을 되뇌며 일어섰다.

"앉아."

정말 내가 똥개인 줄 아나 싶었다. 이젠 정말 참을 수 없다.

"이봐, 당신! 지금 나랑 뭐 하자는 거야?"

나는 눈을 부라리며 소리쳤지만 교도관은 그런 내 반응에 전혀 흔들리지 않았다. 마치 이런 일이 너무나 익숙하고 당연한 사람처럼.

"앉으라고."

교도관의 나지막한 목소리에 나는 더 화가 났다. 정말 이 사람 나랑 싸우고 싶은 걸까? 아니면 기선제압을 하려고 이러는 걸까? 어쨌든 나는 더 이상 참을 수 없었다. 나, 김철중이라고!

"아니, 뭐 이딴 경우가 있어? 내가 왜 지금 앉았다 일어났다 해야 하냐고? 당신 똥개 훈련시켜?"

"지금 놀러 왔습니까?"

화가 머리끝까지 치밀어 올라 터지기 일보 직전이었다. 혐의가 있어 구치소에 들어오긴 했지만 어쨌든 나는 아직 피고인일 뿐이지 않는가? 나는 교도관의 행동이 몹시 불쾌했다. 그러나 사회에 있을 때처럼 기분이 나쁘다고 다 표현할 수는 없다는 것을 잘 알고 있었다. 여기는 구치소니까. 그리고 상대는 교도관 아닌가? 하지만 그렇다고 해서 가만히 있을 수는 없다. 짓눌려진 자존심을 가만히 둘 수는 없었기 때문이다. 그래서 나는 내가 할 수 있는 최선의 방법으로 감정을 전달했다. 그렇게 언성을 높이고 있는데 누군가 내 이름을 불렀다.

"너 철중이 아니냐?"

어디서 본 사람 같기는 한데……. 나는 그의 얼굴을 유심히 들여다보았다. 머리를 빡빡 깎아 놓아서 한눈에 알아보지는 못했지만 이내 현수 형님이라는 걸 알았다. 다른 지역에서 활동하던(?) 형님이었기에 안면은 있었지만 그리 가까운 사이는 아니었다.

"현수 형님!"

"그래. 우리 방에 신입이 온다더니 그게 너였구나? 왜 들어왔어?"

"예, 형님. 그냥 좀 작은 사건인데……."

구구절절 그간의 이야기를 풀어 놓으려는 찰나, 현수 형님이 말을 끊었다.

"철중아, 일단 주임님한테 사과드리고 얼른 들어와. 우리 방 운동 시간이야."

그러자 교도관이 현수 형님에게 나를 아냐고 물었다.

"예, 주임님. 제가 아는 동생이에요. 혹시 이 녀석이 주임님께 실수라도?"

"뭐, 그런 건 아닙니다."

"제가 잘 데리고 있을 테니 걱정하지 마세요. 뭐해? 이 녀석아! 얼른 사과드리고 들어오라니까!"

나는 마지못해 사과를 했지만 어째 영 찝찝했다. 표정이 좋지 않은 건 교도관도 마찬가지였다. 나는 1번방에 짐을 던져 놓고 운동장이라 불리는 방으로 들어갔다. 운동장이라고는 하지만 잔디가 깔리거나 흙이 있는 그런 운동장은 아니었다. 그저 방에 초록색 매트를 깔아두고 '푸시업 바' 정도가 놓여 있는 일종의 간이 운동장이었다. 사람들은 손탁구를 하거나 제기를 차고 있었는데 그 실력이 보통은 아니었다. 기인 열전에 나가도 됨직한 정도랄까? 나는 넋을 잃고 그 광경을 지켜보고 있었다. 그때, 현수 형님이 나를 불렀다.

"철중아, 너 여기 경종이 형 모르냐? ○○파 식구고 형이랑 친구야. 인사드려."

"처음 뵙겠습니다. 스물아홉 김철중입니다. 형님."

나는 제대로 깍듯이 인사를 했다. 목소리는 정중하면서도 절도 있게, 고개는 90도로. 그런데 인사를 하면서도 한편으로는 살짝 걱정이 됐다. 사회에 있을 때는 든든한 형님이 많으면 많을수록 좋지만 여기는 구치소 아니던가? 같은 방에 건달 형님이 둘이나 있다면 그것은 내가 챙겨야 할 게 그만큼 많다는 얘기다. 하지만 이미 정해진 일이고, 내가 손쓸 수 없는 영역이라면 좋은 게 좋은 거라고 생각하기로 했다. 아는 사람이 아예 없는 것보다는 낫겠지 뭐!

운동 시간이 끝나고 드디어 1방에 입실을 했다. 방에 들어서자 사람들은 약속이라도 한 듯 좌우 벽 쪽으로 정렬해서 앉았다. 나를 포함해 총 7명의 사람이 있었는데, 방 크기는 신입방보다 조금 작아 보였다. 현수 형님은 나보다 조금 더 어려 보이는 근형이라는 친구에게 내 짐 정리를 해 주라 말하고 화장실로 들어갔다. 방 창문 바로 아래가 현수 형님의 자리인 듯했고, 그 맞은편 철문 앞이 경종이 형님의 자리였다. 아마도 창문 아래와 방문 바로 앞자리가 제일 고참의 자리인 듯했다. 분위기 파악을 위해 최대한 티 나지 않게 주변을 살피고 있는데 근형이 다가와 내게 옷을 벗어서 달라고 했다. 나는 관복 속에 팬티밖에 입고 있지 않았기 때문에 괜찮다고 거절했다. 그런데 화장실에서 나오던 현수 형님이 갑자기 내 이름을 불렀다.

"철중아, 너 반바지 없냐?"

나는 머리를 긁적이며 짧게 "네." 하고 대답했다.

"근형아. 형 반바지랑 반팔 러닝 하나 꺼내서 저 형 줘라."

현수 형님이 수건으로 머리를 말리며 내게 다가왔다. 그리고 내 어깨를 손으로 지긋이 잡으며 말했다.

"철중아, 필요한 게 있으면 형한테 말해. 어려워 말고."

"네, 알겠습니다. 형님."

형님과 내가 이야기를 주고받는 사이 근형은 흰색 반팔 러닝과 군청색 트레이닝 반바지를 내게 가져다주었다. 나는 관복을 벗어 근형에게 주었고 근형은 관복 상의와 바지를 잘 펴서 옷걸이 한 개에 깔끔하게 정리한 후 벽에 걸었다. 벽에는 1에서 15번까지 번호가 쓰여 있었는데 내 자리는 3번이었다. 그 말은 이 방에서 내 위치가 '넘버 3'이라는 말이었다. 넘버 3, 결코 나쁘지 않다. 혼자 이런저런 생각들을 펼쳐 놓고 있는데 현수 형님이 사람들을 불러 모았다.

"자, 다들 모여 봐요. 우리 방에 신입이 왔는데 제가 잘 알던 동네 동생이에요. 잘들 해 주세요. 모르는 건 좀 알려 주시고요. 서로 인사들 합시다. 철중아, 너 간단하게 소개 좀 해 봐."

"예, 형님. 안녕하세요. 저는 김철중입니다. 나이는 스물아홉 살이구요. 꽉꽉한 성격은 아닙니다. 두루두루 원만하게 지내는 것을 좋아하니까 서로 웃으면서 지냈으면 좋겠습니다. 잘 부탁드립니다."

"철중아, 우리 방에 계시는 분들은 다들 좋은 분들이니까 잘 지내도록 해라. 그리고 부탁 하나 드리겠습니다. 이 녀석은 제 동생이니까 설거지는 당분간 형철 씨하고 주호 씨가 조금 더 고생해 줘야겠네. 미안해요."

현수형님은 분명 미안하다고 했지만 그 말투는 다분히 강제적이었다. 아직 제대로 된 통성명을 하지 않아 누가 누군지 파악이 되지 않았음에도 나는 형철과 주호가 누군지 한눈에 알아볼 수 있었다. 현수 형님의 이야기를 듣고 난 후 급격히 일그러진 그들의 표정이 자꾸 마음에 걸렸다. 하지만 로마에 가면 로마법을 따라야 하듯 나도 이곳의 법을 따르는 것이 맞다고 생각하기로 했다. 이제 시작인데, 아직 가야 할 길이 멀고 또 먼데 벌써 지친다. 부디, 시작이 반이라는 말이 맞았으면 좋겠다.

범죄자라 불리는 '보통 사람들'

901동 1방에는 나를 포함해 8명이 함께 생활한다. 법의 잣대를 놓고 본다면 나도, 이들도 모두 죄를 짓고 구치소에 온 범죄자다. 하지만 범죄자라는 타이틀을 떼어내고 본다면 우리는 모두가 '보통 사람들'이다. 오늘보다 나은 내일을 꿈꾸고, 소소한 행복에 웃음 짓는 사람들. 다만 우리에게 주어진 선택의 순간에 그릇된 판단을 했고 그로 인해 벌을 받고 있는 것뿐이다. 나와 함께하게 된 이들을 잠시 소개한다.

현수 형님과 경종이 형님은 이제 서른 살이 된 건달들이다. 서로 다른 조직에 몸담고 있었고 나와도 다른 조직이었다. 그래서 사회에서는 크게 마주칠 일이 많지 않았다. 하지만 구치소 안에서는 인천이라는 이유만으로 통합되는 분위기라 함께 지내고 있다. 실질적인 방의 왈왈이는 현수 형님이지만 경종이 형님도 분위기에 편승해 자리를 잘 잡고 있는 듯하다. 둘 다 '집단·흉기 등 상해'로 구속됐다.

흰머리가 많고 마른 체형의 중년 남성이 우리 방의 봉사원이다. 나이는 50대 후반 정도 되어 보이고 말수가 적었다. 하루 중 대부분을 신문을 읽는 데 할애했다. 우리 방은 푸시업 하는 시간이 하루에 두 차례 있었는데 이 봉사원이 나이에 비해 상당히 푸시업을 잘했었다. 죄목은 '공갈'이었다.

근형이는 스물네 살이다. 아마도 사회에 있을 때는 한 성질 했을 것 같다. 하지만 구치소에서는 성질을 확 죽이고 현수 형님과 경종 형님의 심복으로 지내고 있다. 180cm 정도의 키에 알이 엄청나게 큰 검정 뿔테를 착용한 것이 특징이라면 특징이다. 죄목은 '집단·흉기 등 상해'와 '공무집행 방해'. 친구들과 술자리를 갖다 시비가 붙었고 그 과정에서 상대방을 병으로 내리쳤다고 했다. 여기까지만 했어도 되는데 이를 말리러 온 경찰을 주먹으로 때리는 바람에 구속되었다.

형철 씨는 나보다 두 살이 많은 서른한 살이다. 175cm 정도 되어 보이는 보통 키에 피부가 검고 뚱뚱한 체형이다. 형철 씨는 현재 우리 방에 있는 사람들 중 가장 많은 형을 받을 것으로 예상되는 사람으로 생긴 것과 다르게 눈물이 많은 게 특징이다. 형철의 죄목은 '살인미수'와 더불어 '공무집행방해' 그리고 '강간'이다. 이처럼 스펙터클

한 죄목을 가지게 된 것은 바로 '조건만남' 때문이었다. 지금은 없어진 '버디버디'라는 메신저 프로그램을 통해 조건만남을 했는데 성관계 후 돈을 주지 않고 항문까지 강제로 범해 버렸다고 한다. 그런데 그것만으로도 모자랐는지 여자를 풀어주지 않고 자신의 차 조수석에 태워 한참을 끌고 다녔다. 여자는 형철 씨가 잠시 담배를 사러 편의점에 간 사이 도망을 쳤고 지나가던 순찰차에 도움을 요청했다. 뒤늦게 상황을 알게 된 형철 씨는 도주를 했고 그 과정에서 깨진 맥주병으로 경찰의 목에 상처를 입혔다고 한다. 형철 씨는 '여자가 신고했을 때 그냥 순순히 잡혔어야 했다'며 하루에 열두 번도 더 후회를 했지만 이미 때는 늦었다. 형철 씨에게 상해를 입은 경찰은 목숨을 걸고 범인을 잡은 용감한 경찰이라며 9시 뉴스와 신문을 도배했는데, 그 기사를 접할 때마다 형철 씨는 눈물을 쏟았다.

주호 씨는 늘씬한 몸매에 까무잡잡한 피부를 가졌다. 호남형을 넘어 누구나 인정하는 미남이었고 평범한 직장인이었다. 결혼 2년 차, 이제 100일이 지난 아이도 있는 한 집안의 가장이기도 하다. 그런데 이처럼 남부러울 것 없는 주호 씨가 '강간치상'으로 구치소에 갇혀 있다니 참 의아했다. 내용은 이랬다. 어느 날 주호 씨는 출장을 나왔다가 자신의 이상형에 가까운 미인을 보게 됐다. 여자의 매력에 이끌린 주호 씨는 말 한마디 걸지 못한 채 여자를 쫓아갔고, 쫓다 보니 여자의 집까지 미행하게 된 것이다. 집으로 들어간 여자를 기다리던 주호 씨는 기다림에 지쳐 그만 초인종을 누르고 말았다. 그리고 택배기사로 가장해 여자와 마주했다. 주호 씨는 집으로 들어가 여자를 끌어안았고 놀란 여자는 집으로 뛰어들어가 가위를 들었다고 한다. 주호 씨는 가위를 빼앗으려 했고 그 과정에서 여자의 손에 작은 상처가 나고 만 것이다. 그제야 주호 씨는 정신이 들었다고 했다. 그래서 여자에게 죄송하다고 사과를 하고 그저 마음에 들어서 따라왔다고 무릎을 꿇고 빌었다. 그런 주호 씨의 모습에 여자는 알았다며 주호를 돌려보냈다. 그런데 일주일 후, 주호 씨의 집으로 형사들이 찾아왔다. 형사들은 초인종을 눌러 주호를 불러낸 뒤에 조용히 이렇게 말했단다. "주호 씨, 무슨 일 때문에 찾아왔는지 알고 계시죠? 집에 부인도 계신 것 같은데 조용히 가시죠." 주호 씨는 그렇게 강간치상범이 되었다.

이름이 잘 기억나지 않지만 왜소한 40대의 남자도 같은 방을 썼다. 함께 있었던 시간은 일주일 남짓, 그러나 그 시간 동안 대화 한마디 나눈 적 없기에 별다른 기억이 없다. 키가 165cm 정도에 50kg도 나가지 않을 만큼 왜소한 몸의 소유자. 그리고 '강간미수'로 징역살이

중이라는 것뿐. 장애가 있는 딸의 친구가 집에 놀러 왔는데 강간을 시도했고 여자아이의 허벅지에다 사정을 하는 바람에 강간미수죄로 복역 중이라 했다.

이렇게 나를 포함해 총 8명이 901동 1방에 수용되어 있었다.

뉴스에서나 보던 무섭고 끔찍한 죄를 짓고 온 사람들이지만 때때로 나는 그들에게서 정에 이끌리고 한없이 나약한 인간의 모습을 찾을 수 있었다. 그리고 규칙이라는 틀에 자신을 맞춰 가며 순리대로 살아가는 사회인의 모습도 보았다. 방의 규율에 맞게 설거지를 하고, 방 청소를 하는가 하면 서로가 서로의 눈치를 보기도 했다. 걸어 다닐 때 다른 사람들에게 피해를 주지 않도록 뒤꿈치를 들고 걷는다든지 하는 배려심 또한 갖추고 있었다. 그래서 나는 이들을 범죄자가 아닌 보통 사람들이라 칭하고 싶었는지도 모른다.

선고일,
들었다 놓는 건 좀 하지 맙시다!

경종 형님과 현수 형님, 형철 씨의 선고일이다. 선고일을 앞둔 사람들은 대체로 분주하다. 경종 형님은 오전에 미리 방문을 열어달라고 한 뒤에 각 방에 있는 형님들과 지인들에게 작별인사를 건네고 왔다. 집행유예를 선고받아서 출소하면 꼭 다시 접견 오겠다는 인사도 잊지 않았다. 반면 형철 씨는 얼굴에 그늘이 잔뜩 드리워져 있었다. 그 모습이 남의 일 같지 않았는지 방 사람들은 형철 씨에게 잘될 거라는 위로의 말을 건넸다. 마치 도살장에 끌려가는 소처럼 형철 씨는 잔뜩 겁에 질려 있었다. 그렇게 시끌벅적하게 오전 출정자 두 명이 나가고 나니 잠시 방에 평온이 찾아왔다. 일부는 장기를 두고 있고 일부는 책을 읽고 있으며, 다른 이들은 그저 멍하니 바닥만 쳐다보고 있었다. 그렇게 한가로이 오전 시간을 보내고 있는데 사동 주임이 창문 앞으로 다가왔다.

"2292번, 2292번 나갔습니다. 물품 챙겨 주세요. 경종 씨 나갔어요."

그 말에 현수 형님은 자신의 일처럼 기뻐했다.

"와! 경종이 나갔어요? 것 참 잘됐네! 짐 여기 다 챙겨 놨습니다."

주임은 경종이 형님의 표찰을 뺐고 현수 형님은 경종이 형님의 짐 꾸러미를 주임에게 건네주었다. 표찰을 뺐다는 것은 더 이상 이곳 사람이 아니라는 것을 의미한다. 오후에 선고가 예정되어 있던 현수 형님은 오전 선고가 잘된 것을 보니 자신도 잘될 것 같다고 했다. 현수 형님의 얼굴이 밝아 보여 좋기는 했지만 한편으로는 조금 걱정이 되기도 했다. 사람 일은 한 치 앞도 알 수 없다는 말을 구치소에 온 이후 새삼 깨닫게 되었기 때문이다.

잠시 후 오전 출정자들이 돌아왔다. 출정이란 구치소에서 외부로 이동하는 모든 행위를 지칭하는 것인데 재판을 간다든지 외부 병원을 간다든지 하는 행위를 통틀어서 말한다. 선고재판을 받으러 나갔다가 돌아오는 것을 우리는 '찍혔다'라고 표현한다. 찍히고 돌아온 이들의 표정은 늘 어둡다. 창문으로 살짝 내다보니 수용자들 틈에 형철 씨도 끼어 있었다. 얼마나 울었는지 눈가가 퉁퉁 부어 있다. 방문이 열리자 형철 씨가 고개를 푹 숙인 채 들어왔다. 나는 형철 씨의 어깨를 감싸 안았다.

"형철 씨 괜찮아요?"

내가 던진 질문이지만 다시 주워담을 수 있다면 담고 싶었다. 괜찮을 리가 없지 않는가? 사람들이 형철 씨 주위로 모여들었고 질문들이 쏟아졌다.

"몇 년 받았어?"

"어떻게 됐어? 형철이, 생각보다 많이 받아서 운 거야?"

그러나 형철 씨는 고개를 숙인 채 아무런 말이 없었다. 어깨가 들썩거리는 것을 보니 아직도 울음이 완전히 멈추지 않은 듯했다. 형철 씨는 아무 말도 하고 싶지 않은 기분일 테지만 이곳 사람들은 궁금한 것을 기다려 주지 않는다. 징역을 받는다는 것이 당사자들에게는 일생일대의 충격적인 사건이겠지만, 이곳에서는 타인의 징역 선고가 그저 일상이기 때문이다. 더욱이 성격이 급한 현수 형님은 형철 씨를 기다려 주지 않았다.

"아! 몇 년 받았냐고요? 답답해 죽겠네! 왜 말을 안 해? 아니 무슨 징역은 혼자만 받나? 여기 있는 사람 다 받을 건데!"

현수 형님이 목소리를 높이자 사람들은 서로 눈치를 보기 시작했다. 나도 예외는 아니었다. 이걸 말려야 하나 말아야 하나 갈등이 일었다. 형철 씨를 생각하면 현수 형님을 말려야 하는데 그건 또 현수 형님에 대한 예의가 아닌 것 같기도 하고……. 그런데 그때, 형철 씨가 겨우 입을 열었다.

"12년이요……."

우리는 일제히 "12년?" 하고 되물었다. 나는 마치 내가 형철 씨가 된 듯 한숨을 몰아쉬며 말했다.

"구형을 그대로 들었다 놓았네?"

"그러게요. 한 7년 정도 받았으면 좋겠다고 생각했는데…… 그나마 다행이에요……. 판사가 말하는 것은 구형보다 더 올려칠 분위기였어요."

조금 전 괜히 소리친 게 미안했는지 현수 형님이 형철 씨의 어깨를 토닥였다.

"야~ 많이 받긴 진짜 많이 받았네. 난 그런 줄도 모르고……. 미안해요, 형철 씨. 언성 높여서."

"아니에요…… 으흑……."

형철 씨는 자신의 양팔로 무릎을 감싸 안고 어깨를 들썩이며 울었다. 그러나 그 누구도 형철 씨에게 위로의 말을 하거나 어깨를 토닥이지 않았다. 그저 다들 자기의 자리로 돌아가 아무 일도 없었던 것처럼 하던 일을 계속할 뿐이다. 방에 있는 사람들 모두 알고 있었다. 그 어떤 말도, 그 어떤 행동도 형철 씨에게 위로가 될 수 없다는 것을. 그래서 사람들은 형철 씨 스스로가 그 순간을 이겨 낼 때까지 조용히 기다려 주고 있는 것이다.

사건 내용만 놓고 봤을 때 형철 씨는 굉장히 죄질이 나쁜 흉악범임이 틀림없다. 그러나 1방에서 함께 생활하면서 본 형철 씨는 그저 부끄럼 많고 허드렛일을 불평불만 없이 잘하는 순하디순한 사람일 뿐이었다. 그런 형철 씨가 서럽게 울고 있는 모습을 보고 있자니 덩달아 내 마음도 무거워졌다. 서른한 살인 형철 씨가 구치소에서 12년을 살고 나면 사십 대 중반이 된다. 모범수가 되어 가석방을 받는다고 해도 사십 대 초반이다. 의학의 발달로 인류의 평균수명이 점차 늘어가고 있는 추세라고는 하지만 그렇다고 해서 청춘이 길어지는 것은 아니지 않는가? 그 말인즉슨 청춘의 대부분을 구치소에서 보내고 사십 대가 되어서야 비로소 출소를 하게 된다는 이야기인데, 그 상황에서 위로가 될 수 있는 말이 무엇이 있겠는가? 나는 흔들리는 형철 씨의 어깨를 보며 형철 씨가 갖는 마음의 부담과 남은 인생에 대한 막막함을 고스란히 전해 받을 수 있었다. 그렇게 한동안 방에는 침묵이 흘렀고 잠시 후 주임이 형철 씨를 호출했다. 아무래도 자신의 담당사동 수용자가 형량을 적잖이 받아 오니 신경이 쓰이는 모양이었다. 형철 씨가 나가자 쥐 죽은 듯 조용하던 방이 웅성거리기 시작했다. 대화의 주제는 당연히 형철 씨의 형량이었다.

"아니 무슨 구형 12년을 그대로 들었다 놓았대? 진짜 그 판사 나쁜 놈이네."

봉사원이 말을 던지자 현수 형님이 말을 받았다.

"그러게. 매스컴 탔으니까 더 받았지 뭐. 더군다나 공권력에 도전한 모양새니까. 쯧쯧……"

"1심은 판사가 좀 과하긴 했지만 항소심 가면 많이 깎이지 않겠어?"

봉사원의 말을 듣고 있다가 나도 대화에 끼어들었다.

"아마 7~8년 정도로 깎일 것 같은데요? 근데 합의를 해야죠. 아직 합의를 못 했다고 하잖아요." 하고 말이다. 그러자 봉사원은 합의금이 문제라고 했다. 상대방에서 오천만 원을 합의금으로 제시했지만 형철 씨에게는 그만한 돈이 없다는 것이었다. 합의 여부가 재판에 미치는 영향은 상당히 크다. 더군다나 이토록 형량이 큰 사건에서는 그 영향력이 몇 달이 아닌 몇 년을 좌우할 수도 있다. 자신의 인생 중 몇 년을 오천만 원에 맞바꿀 수 있는데 그 돈이 없어서 결국 인생을 담보로 내맡겨야 한다는 것이 참 씁쓸했다.

오후에는 현수 형님의 선고가 있다. 점심 식사를 마친 후 현수 형님은 출정 갈 준비를 하고 있었다. 그런데 소지가 종이쪽지 한 장을 가져오더니 '출정연기'라는 말을 남기고 갔다.

"출정연기? 뭔 종이야? 이리 줘봐."

현수 형님의 얼굴이 어두워졌다. 그럴 수밖에 없었다. 한참 전부터 선고기일만 되면 나갈 수 있다고 목이 빠지게 기다렸던 현수 형님 아니던가! 오후가 되면 나갈 수 있을 것이라 믿었고 이미 짐도 싹 정리했다. 형님의 출소를 애타게 기다리던 형수님은 나흘 전에 '만기복'(출소 시 갈아입을 옷을 밖에서 미리 영치시킬 수 있다. 출소자는 이 옷과 신발로 갈아입은 뒤 구치소 밖으로 나가게 된다.)을 구입해 영치시켰고, 현수 형님은 출소를 한다는 설렘에 밤새 한 잠도 못 이루었다고 했다. 그런데 갑작스레 선고일자가 연기되다니! 재판부에도 그럴만한 이유가 있었겠지만 그렇다고 해도 이렇게 선고시간 직전에 일방통보를 하는 것은 좀 비인간적이라는 생각이 들었다.

하루 종일 나는 이곳에 갇힌 우리들이 참 무력하다는 생각을 했다. 물론 사회적 물의를 일으켜 이곳에 왔지만 진심으로 죄를 반성한다면 한 번의 기회를 더 주어도 되지 않을까? 재판부도 고심 끝에 선고일을 들었다 놓았겠지만 그 하나가 재소자에게는 절망이 된다. 선고기일 연기 또한 예외일 수 없다. 이 무력감을 어떻게 달래야 하는 걸까? 잔뜩 가라앉은 방 분위기는 또 얼마나 오래갈는지…….

'조폭'보다 무서운 '주폭' 여 사장

한 달 사이 1방에 많은 변화가 있었다. 네 명이 나가고 신입이 한 명 새로 들어왔기 때문이다. 선고가 연기되어서 한숨만 내쉬던 현수 형님이 결국 집행유예로 출소했고, 형철 씨를 비롯해 1심이 끝난 세 명이 항소를 위해 수원으로 이감을 갔다. 그리고 '여 사장'이라 불리는 사람이 들어왔다. 여 사장님(일반적으로 나이가 있으면 부르기 편하게 성씨에 사장님을 붙여서 불러준다)의 죄목은 '단순폭행'인데 시기적으로 좀 좋지 않았다. '주폭'의 심각성이 언론에 자주 오르내리던 중 '주폭' 사건으로 입건된 것이다. 여기서 '주폭'이란 술을 마시고 행패를 부리는 것을 말한다.

사실 그동안 대한민국 사회는 술을 먹고 행패를 부리는 사람에 대해 지나치게 관대했다. 재판 변론 과정에서 술을 마셔서 제정신이 아니었다고 하면 참작이 되어 감형을 받기도 했으니 말이다. 그러나 최근(2012년 06월 기준) 들어 술을 마시고 행패를 부렸다고 하면 오히려

형을 가중시키는 경향이 생겼다. 듣자하니 치안복지 강화를 위해서는 어쩔 수 없는 선택이었다고 한다. 어찌되었든 여 사장님도 그 피해자(?) 중 한 명으로 구치소에 들어왔다.

사건은 이랬다. 여 사장님이 술에 취해 택시를 탔고 택시기사와 시비가 붙었는데 그 과정에서 경찰서까지 가게 되었다고 한다. 사건 당일의 기록은 정말 이게 전부였다. 그런데 여 사장님에게는 주폭 전과에 벌금까지 무려 8번이 넘는 기록이 있었던 것이다. 무한 반복되는 것이 주폭의 특징이었기 때문에 여 사장님은 바로 구속 조치되었다.

여 사장님은 아주 온순한 사람이었다. 저 사람에게 그토록 많은 주폭 전과가 있다는 사실이 믿기지 않을 만큼. 드라마를 보다가 별로 슬프지도 않은 장면에서 훌쩍거리는 소리가 들리면 십중팔구 여 사장님의 울음소리였다. 이뿐만이 아니다. 방 사람들이 싫어하는 궂은일도 가장 열심히 했기에 1방에서는 제일 모범적인 수용자로 입소문이 날 정도였다. 여 사장님은 입버릇처럼 "이번에 나가면 정말 술을 끊을 거여……." 하고 이야기했다. 그리고 자신에게 술은 '독'이라며 술만 마시면 일절 기억이 나지 않는다 했다. 어찌 된 영문인지 술이 깨고 나면 항상 경찰서였단다. 본인 스스로도 참 개탄스럽고 괴롭다고 했다.

어느 날 아침, 아침 식사를 마치고 나서 소지가 출정용지를 가지고 왔다.

"여민복 씨, 이송 준비해 주세요."

여 사장님은 깜짝 놀라 "예? 저요?" 하고 되물었다.

"예. 빨리 준비해 주세요."

여 사장님은 주섬주섬 물건을 챙기기 시작했다. 사람들도 나서서 여 사장님이 짐을 싸는 걸 도왔다.

구치소에서 이별의 순간은 항상 예고 없이 찾아온다. 더구나 다른 구치소로의 이송은 주요 기밀사항 중 하나이기 때문에 미리 알려줄 수 없는 것이라고 했다. 그래서 보통 이송되기 1~2시간 전에 급하게 알려준다. 미리 알려주지 않는 가장 큰 이유는 이송 차량의 탈주 가능성을 방지하기 위해서다. 사실 그럴 가능성은 희박하지만 일리는 있는 말이다.

갑작스러운 이송 소식에 방 사람들은 분주했다. 여 사장님의 짐을 싸는 일을 도와야 하고 작별 인사도 해야 하기 때문이다. 짧은 기간이지만 정도 많이 들었고, 방에서 궂은일을 도맡아 해 주던 양반인데 이렇게 느닷없이 간다고 하니 상당히 서운했다. 마음이 여린 여 사장님은 아니나 다를까 벌써 눈가에 눈물이 그렁그렁 맺혔다.

"빨리 준비해. 빨리!"

사동담당 주임이 창문 앞에 붙어서 재촉하는 것을 보니 벌써 출정 담당 교도관이 사동에 도착한 모양이다. 이송 준비하라는 말을 전달받은 지 채 30분도 되지 않아서 여 사장님은 문밖으로 끌려가듯 나섰다. 제대로 된 작별 인사도 하지 못한 채 여 사장님을 떠나보내려니 마음이 좋지 않았다. 그동안의 수고에 대한 감사의 표시로 사동 밖에까지 마중이라도 나가 주고 싶지만 자유가 제한된 우리로서는 그조차 할 수 없었다. 아쉬운 마음에 철창에 매달린 채 잘 가시라고 소리를 쳤다. 보였는지 잘 모르겠지만 철창 사이로 손을 넣어서 있는 힘껏 손도 흔들어 줬다. 나중에 소지들에게 전해 들은 이야기로는 여 사장님이 복도를 걷는 내내 엉엉 울면서 나갔다고 한다. 그 말을 듣고 방 사람들은 하나같이 입을 모아 말했다. "술만 아니면 세상 더없이 좋은 사람인데. 술이 한 사람의 인생을 버려 놓았다."라고……

가끔 술에 취해 다툼을 벌이는 사람들을 보면 나는 한 번 더 시선이 간다. 가끔 여 사장님과 비슷해 보이는 사람이라도 보게 되면 혹시나 싶은 마음에 가까이 다가가 보기도 한다. 다행인지 불행인지 아직 한 번도 여 사장님을 만나지는 못했다. 그럴 때마다 나는 기도하듯 속으로 되뇐다. 부디, 그때의 소원대로 술을 끊었기를. 그래서 다시는 경찰서 혹은 구치소에서 만나지 않기를.

4부

901동 6반

규칙과 자존심 사이

점심을 먹은 후 바깥세상이 그리운 마음에 철창에 매달려 있었다. 작은 창문 너머로 보이는 풍경이라고는 대형 주상복합건물의 꼭대기와 구름뿐이었지만 좁은 방만 쳐다보고 있을 때보다 기분이 한결 나아졌다. 그때 불쑥 사동담당 김 주임이 나타났다. 어째 표정이 평소와는 좀 달라 보였다.

"뭡니까? 주임님."

"이런 말하기가 참……. 오늘부로 1방이 재산방으로 바뀝니다. 기존에 계시던 강력 초범방 분들은 6방과 7방으로 나눠서 들어가시게 됩니다."

느닷없이 이게 무슨 소린가 싶었다.

"예? 방이 깨진다는 말입니까?"

"네, 그렇게 됐습니다. 얼른 준비들 해요."

우리에게 상의를 할 일은 아니지만 어쨌든 미리 언질이라도 해 줘야 하는 게 아닌가? 해도 너무한다 싶은 생각이 들었다.

"아니! 그런 법이 어디 있어요? 주임님! 주임님!"

하지만 주임은 본인이 결정할 수 있는 일이 아니라는 말만 남긴 채 돌아가 버렸다. 어처구니없는 일이지만 항의를 한다고 바뀔 수 있는 일도 아니다. 그걸 너무나 잘 알기에 우리는 투덜대며 짐을 챙기기 시작했다.

구치소라고는 하지만 사실 여기도 사람 사는 곳이다. 지내는 시간이 길어질수록 어색함이 사그라지면서 정도 쌓여 가는 그런 곳. 또한 사회와는 다른 조직이기에 새로운 사람들과 맞춰 가는 과정이 쉽지 않은 곳이기도 하다. 나는 입소 당시 조직에 몸담고 있었기에 설거지는 면제를 받을 수 있었지만 새로운 방에 가면 설거지 하나를 가지고도 기싸움을 해야 할지도 모르는 상황이었다. 짐을 넣은 가방을 메고 복도로 나왔다. 나와 주호 씨는 6방으로 배정받았고, 나머지 두 명은 7방으로 배정을 받았다. 7방에는 성격이 조금 까다로운 형님이 계셨는데 그나마 그 방으로 배정을 받지 않아서 다행이라고 생각했다.

"안녕하십니까? 옆방에서 왔습니다! 잘 부탁드립니다."

6방의 철문을 열면서 우렁찬 목소리로 인사를 했다. 방의 철창 바로 아래, 봉사원으로 보이는 백발의 중년 남성이 한 손으로 안경을 추켜세우며 나를 보고 있었다. 어디서든 밀리지 않을 풍채에 위로 치켜뜬 눈빛까지, 그의 넘치는 카리스마에 순간 찌릿- 하고 전기가 통하는 느낌이었다.

"그래. 어서 오시게나."

분명 말의 내용은 친절했지만 말투는 냉랭했다. 앉아 있는 사람을 슬쩍 세어 보니 열 명쯤 되는 것 같았다. 모두들 양반다리로 앉아 나와 주호 씨를 주목하고 있었다. 일반 신입이 아니라 옆방에서 전방을 온 신입이다 보니 다들 꽤나 신경이 쓰이는 모양이다. 나는 내 마음대로 자릴 정하고 앉아 버렸다.

"안녕하세요. 주호입니다. 잘 부탁드립니다. 저는 어디에 앉으면 될까요?"

나를 따라 들어오며 주호 씨가 인사를 했다. 매너가 좋은 주호 씨는 아무 데나 앉아 버린 나와는 확연히 달랐다. 최대한 예의를 갖춰 자신이 앉을 자리를 방 사람들에게 물었다. 가운데 머리가 벗겨진 남성이 손가락으로 화장실과 가장 가까운 이른바 '신입 자리'를 가리켰다. 그러자 주호 씨는 조용히 그 자리에 앉았고 주섬주섬 짐을 정리하기 시작했다. 겉으로는 평온이 감돌았지만 심상치 않은 분위기

임을 직감할 수 있었다. 그리고 다음 날, 드디어 일이 터졌다.

"뭐라고? 나보고 지금 설거지를 하라는 거야!?"

내가 소리를 치자 봉사원이 낮은 목소리로 말했다.

"다른 방에 있다가 왔어도 신입인데······. 설거지는 순서대로 해야지. 우리 방은 서로 그렇게 해 왔······."

나는 봉사원의 말이 끝나기도 전에 소리쳤다.

"아니! 무슨 얼어 죽을 설거집니까, 설거지가? 건달보고! 제가 여기서 설거지나 하고 있으면 우리는 이 생활 접어야 됩니다! 여기 보는 눈이 얼마나 많은데! 나 원~!"

나는 보란 듯 목소리를 더 높였다. 그런데 아무리 목소리를 높여도 봉사원은 크게 신경 쓰지 않는 듯했다.

"그래도 규칙은 규칙이라고, 젊은 친구."

"규칙은 무슨 놈의 규칙이야? 이건 지금 나보고 방문을 발로 차고 나가라는 말밖에 더 됩니까?"

내가 목에 핏대를 세워 가며 소리치자 관현 씨가 일어났다.

"당신만 특별한 이유는 뭔데? 내가 3개월 동안 얼마나 신입만 기다렸는지 알아?"

대머리인 관현 씨는 6방의 설거지 담당이었다. 관현 씨가 들어온 이후 한참 동안 신입이 없어서 설거지 당번을 면할 길이 없었다고 한다. 구치소에서는 설거지를 두 명이 하는 게 원칙이고, 그래서 관현 씨 생각에는 주호 씨와 내가 설거지를 하면 자신은 설거지에서 졸업할 수 있다고 믿었던 모양이다. 그런데 내가 못 한다고 하니 관현 씨 입장에서는 황당하기도 하고 화도 났던 게다. 설거지 때문에 계속해서 고성이 오갔고 결국 주먹다짐이라도 해야 할 것 같은 분위기가 조성됐다. 그러자 봉사원이 막아섰다.

"관현아, 그만해라. 이 친구도 이 친구 입장이 있으니까 이번만큼은 네가 양보하고 넘어가자. 너도 재판이 얼마 남지 않았는데 괜히 이러다 사고라도 치면 좋을 게 없잖아?"

"아니 형님, 그래도……. 아시잖아요. 저 설거지한 지가 벌써 삼 개월이 넘었다고요."

관현 씨의 얼굴에는 억울함이 그득했다.

"이 녀석아. 네가 징역을 많이 안 살아 봐서 잘 모르는데 원래 이런 친구들한테는 설거지 정도는 양보해 주는 게 이곳의 관례다. 젊은 친구도 너무 기분 상해 말게나. 이 친구도 입장이 그런지라 말을 한번 해 본 것뿐이니까."

봉사원이 나를 쳐다보는데 괜히 소리 질렀던 게 미안해졌다. 생각보다 나이도 많은 것 같은데 실례를 범한 게 아닌가 싶기도 하고 말이다.

"예, 괜찮습니다. 저야말로 본의 아니게 피해를 끼친 것 같아서 죄송합니다. 이해해 주시니 감사합니다."

일이 마무리되나 했더니 관현 씨가 한마디 더 치고 들어온다.

"아니 형님……. 저는 납득이 안 된다니까요!"

나도 한마디 더 할까 입이 들썩이는 찰나 봉사원이 먼저 말했다.

"그럼 둘이 나가서 싸워. 조사방을 가든지 말든지 알아서들 하라고! 싸우고 나서 조사방에 가면 재판장에게도 회부된다는 것은 다들 알고들 있겠지?"

봉사원의 말을 들은 관현 씨는 더 이상 말을 잇지 않았다. 관현 씨의 얼굴은 한참 동안이나 붉으락푸르락했다. 그런 관현 씨를 보며 만약 내가 관현 씨의 입장이었다고 해도 마찬가지였을 거라는 생각을 했다. 그래도 건달이 설거지를 한다는 건 생각할 수 없는 것이었다. 나는 방의 규칙보다 건달로서의 자존심이 먼저였다. 내 개인의 자존심뿐 아니라 건달 전체의 자존심이기 때문이다. 물론 지금은 그런 생각들이 참 부끄럽고 부질없는 마음가짐이라 생각하지만 그때의 난 그랬다.

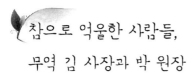

참으로 억울한 사람들, 무역 김 사장과 박 원장

6방은 '대방'이라 불린다. 방 크기가 화장실을 포함해 약 4.58평 정도 되는데 수용인원이 10~16명 정도다. 그런데 정원이 정확히 정해져 있는 게 아니어서 사람이 많을 때는 스무 명에 달한 적도 있었다고 한다. 그 말을 들은 후 나는 제발 범죄율이 낮아지게 해 달라고 기도를 했다. 범죄가 많이 일어나서 이 좁은 방에 스무 명의 사람이 갇혀 있게 된다면……. 어후, 생각만으로 숨이 턱턱 막히는 것 같다.

6방에는 다양한 사람들이 함께했다. 방이 크다 보니 다양한 분야에서 활동하던 사람들을 더 많이 만날 수 있는 것이다. 그중 의사와 무역회사 사장은 '억울해도 너무 억울한 사람들'이었다. 물론 스스로의 말에 의하면 그렇다는 거다.

무역회사를 운영했다던 '무역 김 사장'은 유난히 말이 많았다. 키는

190cm 정도였고 몸무게도 120kg이나 나가는 거구였다. 장교로 군 생활을 마치고 현재는 무역 사업을 하고 있다고 밝힌 그는 다부진 체격만큼이나 목소리도 우렁찼다. 그런데 무슨 영문인지 6방에서는 그에게 질문하는 것을 금기시했다. 나는 억울하다는 말을 입에 달고 사는 김 사장의 사정이 너무 궁금해 묻고 싶었지만 그럴 때마다 사람들이 눈빛으로 나를 막아섰다.

그러던 중 김 사장의 선고일이 다가왔다. 원칙적으로 1심 형사재판의 구속 만기는 6개월이지만 김 사장은 1심 선고를 거의 9개월 만에 받는다고 했다. 그 이유는 1심을 받는 도중에 다른 사건이 하나 더 추가 기소되었기 때문이다. 무역 김 사장의 대표 죄목은 '변호사법 위반'이다. 범죄 내용은 다음과 같다.

무역 김 사장은 한 중국인의 출입국 심사와 비자 연장 문제를 도와주게 됐다. 그 과정에서 법적 서류 요청이 있었고 이를 무역 김 사장이 대필해 줬단다. 그런데 문제는 대필해 준 이 서류가 본인 이외에는 법적 대리인, 즉 변호사 외의 제3자가 대필하지 못하게 되어 있는 서류였던 모양이다. 더구나 무역 김 사장은 대필 조건으로 중국인에게 돈을 받았다고 한다. 물론 이는 공소장의 내용일 뿐이고 무역 김 사장은 절대 아니라고 펄쩍 뛰었다. 하지만 중요한 것은 법정에서 김 사장의 말을 믿어줄 것 같지 않다는 것이다. 어찌 되었든 죄목과 죄질이 아주 나쁘지는 않고 벌써 밑통(선고 전 수용기간을 말하는 은어다)이 9개월이니 징역 10월형 정도나 선고받지 않을까 생각했다. 그런데 선고가 끝나고 방으로 들어온 무역 김 사장의 표정이 너무 좋지 않았다. 김 사장은 방에 들어서면서부터 소리쳤다.

"아니, 내가 무슨 변호사법 위반이야! 이것 봐요. 이것 좀 보라니까요?"

김 사장은 방에 들어오자마자 누가 물어볼 새도 없이 먼저 떠들어대기 시작했다. 그러자 방 사람들은 질문 한마디 없이 다들 형식적인 위로의 말만 건넸다. 하지만 왠지 김 사장과 말을 섞기 싫어 슬금슬금 그를 피하는 눈치다. 나는 사람들의 시큰둥한 반응에도 아랑곳없이 하소연 중인 김 사장이 가여운 생각이 들었다. 오죽 억울하면 저리도 펄쩍 뛸까 싶었기 때문이다. 그래서 "얼마나 받았는데요?"하고 물었다. 그러자 봇물 터지듯 김 사장의 하소연이 시작됐다.

"철중아. 나 1년 4월 받았어. 아! 나 진짜 너무 억울해. 병합이라도 해 줬으면 이렇게 많이 안 나왔을 텐데 각형이란다."

"각형이요? 얼마나 나왔는데요?"

"하나는 10월, 다른 하나는 6월 이렇게 각각 주더라고. 그리고 내가 왜 변호사법 위반이야? 아니, 내가 왜? 나는 그런 적이 없어. 돈도

대가성으로 받은 적이 없었고! 이 중국인은 내가 한국에서 직원으로 채용하려고 데려온 거란 말이야. 무슨 놈의 얼어 죽을 출입국 위장이야? 내가 내 직원한테 그 정도 도움도 못 주는 거야? 내 참 정말 억울해서! 나는 무죄다, 무죄! 정말 너무한 거 아니야? 징역은 또 뭐 이렇게 많이 주는데? 자, 봐봐. 내 사건 내용을 한번 들어 보라고, 철중이!"

그제야 깨달았다. 이래서 사람들이 김 사장에게 말을 붙이지 않았구나……. 예전에 할머니를 따라 교회에 갔을 때, 신도들이 갑자기 알아들을 수 없는 '방언'으로 기도를 하는 모습을 본 적이 있었다. 어려서였을까? 그때 느꼈던 공포는 그 어떤 것보다 컸다. 그런데 김 사장의 하소연을 듣고 있자니 그 느낌이 되살아나기 시작했다. '대체 언제쯤 끝이 날까?' 생각하고 있는데 김 사장의 넓은 어깨너머로 방 사람들의 일그러진 얼굴이 보였다. 최대한 우리와 멀어지려고 벽에 밀착해 있는 그들 중 몇은 손으로 귀를 틀어막은 채 고개를 절레절레 젓고 있었고, 봉사원은 안경을 한 손가락으로 받쳐 올리고 눈을 위로 치켜뜬 채 나를 노려보고 있었다. '그러게 말 걸지 말랬잖아.' 하는 경고의 눈빛으로 말이다. 나는 봉사원에게 '분란을 일으켜서 죄송하다'는 눈빛을 보냈다. 하지만 봉사원은 웃음기 사라진 얼굴로 고개를 가로저었다. 그렇게 약 1시간 동안 김 사장의 방언은 끊이지 않고 계속됐다. 김 사장의 푸념은 단순한 소음을 넘어 극도의 스트레스로 작용하는 듯했다. 내가 이날을 보다 뚜렷이 기억하는 이유는 구치소에 들어온 이후 피로감이 가장 컸던 날이기 때문이다.

구치소에서 억울하지 않은 사람은 아무도 없다. 그 이유가 뭐든 한 가지쯤은 억울함을 가지고 있다. 그런데 무역 김 사장과 쌍벽을 이루도록 억울한 이가 있었으니 바로 박 원장이었다. 박 원장의 주장에 의하면 그는 의사 중에서도 상당한 수재였다고 한다. 외과 과정을 마치고 나서 다시 내과 과정을 복수로 마친 내과 전문의였으니까. 그런데 사회적으로 인정받는 직업군인 의사가 뭐가 부족해서, 또 어떤 이유로 '강력 초범방'에 들어오게 되었는지 문득 궁금해졌다. 그래서 박 원장에게 슬쩍 다가가 앉았다.

"박 원장님, 내과 전문의면 위장 질환 뭐 이런 거 보는 거죠?"

"뭐, 제가 내과 전문의이긴 하지만……."

말끝을 흐리는 것을 보니 뭔가 있는 게 분명하다. 그래서 평소에 궁금했던 것을 물어보자고 마음먹었는데 이야기를 어떻게 풀어가야 할지 '각'이 안 선다. 이럴 때 '네이버 지식인'을 이용할 수 없다는 게 안타깝다. 그러다 문득 '필러'가 생각났다.

"내과면 필러 같은 거 있잖습니까? 그런 건 상관없는 거죠? 이야기를 들어 보니까 그런 거 코에 몇 년씩 맞으면 피부가 늘어나거나 괴사한다고 하던데……. 진짜 그런가요?"

"예? 누가 그러던가요? 무식한 이야기예요. 전혀 그렇지 않아요."

나는 그냥 주워들은 이야기라고 말을 얼버무렸다. 그런데 박 원장의 반응이 심상치 않다. 내과 전문의라고 하기엔 설명이 너무 자세해지는 것이다. 그때, 눈치챘다. 내과뿐 아니라 다른 걸 겸하고 있다는 것을.

"사실 제가 필러에 손을 댄 지 이제 7년째입니다. 필러는 의사가 얼마나 시술을 많이 해 보았는지가 가장 중요하죠. 의사의 손길에 따라서 시술 부위의 모양이 완전히 달라지거든요. 이런 말을 제 입으로 하긴 그렇지만 제가 필러만큼은 어디에 내놓아도 손색이 없을 만큼 많은 시술을 했습니다."

이야기가 술술 풀리더니 박 원장은 자연스럽게 자신의 이야기를 시작했다.

내과 전문의였던 박 원장의 환자 중에는 유난히 비만 환자가 많았다. 그래서 내과 진료 외에도 조금씩 비만 치료를 시행하다 보니 지

방 분해 기계를 도입하게 되었고 그러면서 차츰 미용을 전문으로 하게 되었다는 것이다. 아무래도 내과보다는 미용 쪽이 돈이 되기도 하고 말이다. 그래서 박 원장은 의욕적으로 분야를 넓혀 갔다. 보톡스, 필러는 물론이고 지방 흡입, 유방 확대까지 미용 관련 시술과 수술을 모두 하게 된 것이다. 그러다 잘못 만난 환자 하나 때문에 구치소까지 오게 되었다고 했다. 그런데 어떤 일이 있었는지에 대해서는 쉽게 말을 하지 않았다. 내가 궁금한 건 '잘못 만난 환자'의 이야기인데 그것만 쏙 빼려고 하는 거다. 나는 궁금한 건 못 참는 성격이라 결국 대놓고 박 원장을 추궁하기 시작했다.

"대체 무슨 일이 있었던 거예요? 속 시원하게 한번 털어놓아 보세요. 제가 해 드릴 건 없으니 같이 욕이라도 해 드릴게요."

박 원장은 살짝 머뭇거리는 듯했지만 이내 입을 뗐다.

"어느 날, 젊은 여자 환자가 하나 왔길래 평소대로 진료를 했어요. 그런데 10여 일쯤 지난 후에 느닷없이 공소장이 날아왔더라고요. 글쎄 제가 진찰실에서 자기를 성추행했다는 겁니다. 제가 청진기로 진료를 하는데 자신의 가슴에 청진을 한 것이 수치스러웠다고 했다가, 나중에는 아예 제가 가슴을 만졌다고 진술했더군요. 그런데 말이죠. 제가 그러지 않았다고 증명할 방법이 없더라고요. 진료실에 CCTV라도 달아야 하는 건지."

사건의 전말은 이랬다. 몇 년 전 복부 지방 흡입 수술을 하겠다며 여성 환자가 방문했는데, 이 여성은 박 원장의 병원에서 2년째 근무하고 있던 코디네이터의 친구였다. 일반적인 경우 수술비 결제를 일시불로 하는 것이 원칙이지만 돈이 좀 부족하다며 사정사정을 하는 바람에 수술비 일부만을 받고 수술을 해 주었다고 한다. 실장의 친구이기에 그럴 수밖에 없었던 것이다. 그런데 어찌 된 일인지 수술후 일주일 안에 주겠다던 수술비를 차일피일 미루기만 하고 주지 않았다. 가끔 수술비 때문에 연락을 하면 20만 원에서 30만 원씩을 나눠서 보내 주는 게 전부였다.

그렇게 어렵사리 전액을 다 받은 다음 1년 정도가 지나서 이 여성이 또다시 병원을 찾아왔다. 이번에는 복부가 아닌 허벅지 지방 흡입과 유방 확대를 요청했는데 역시나 돈이 부족한 상황이었다. 여기서 박 원장이 매몰차게 거절을 했어야 했는데 그러지 못했다. 직원의 친구이기도 하고, 이미 한 번의 수술로 병원의 고객이 되었기에 함부로 하지 못했던 것이다. 그래서 이번에도 또 약간의 돈만 받은 뒤 '외상 수술'을 해 주고 말았다. 수술은 성공적이었지만 수술을 마친 뒤 여성은 결과에 대해 지속적인 불만을 표출했고 부작용 이야기를 계속했다. 그때 알아봤어야 하는데 박 원장은 그런 여성의 행동이 이상하다고 생각하지 않았다고 한다. 다만 문제를 하루빨리 해결하기 위해 박 원장은 여성을 진료실로 불러들였다. 그리고 그녀가 원하는 것이 돈인지 아니면 재수술인지 정확하게 말을 해 달라고 부탁했지만 여성은 애매한 대답만 하며 지속적인 치료를 받았다. 그리고 모든 관리가 끝난 뒤, 성추행을 당했다며 박 원장을 신고한 것이다.

　무역 김 사장과 박 원장. 이들의 입에서 나온 이야기가 진실인지 아니면 피해자의 말이 진실인지는 알 수 없다. 어쨌든 이 두 사람의 이야기만 들어봤을 때 이들은 정말 억울한 상황임이 분명하다. 하지만 법원이 이들의 손을 들어주지 않는다면 이들은 가해자라는 이름을 단 범죄자가 되어야 한다. 그리고 참으로 안타까운 또 한 가지 사실은 법의 잣대가 꼭 진실에 가까이 있는 것은 아니라는 것이다. 법원이 어떤 판결을 내리느냐에 따라 때때로 진실이 거짓이 되고, 거짓이 진실이 되기도 하는 것. 그게 바로 법으로 보호받고 있는 우리 사회의 현실이며 단면이라는 것이 구슬프다.

신입, 방문을 차고 나가다

딱히 정해진 날짜가 있는 것은 아니지만 대개 일정한 요일에 신입이 올라온다. 인천구치소의 경우 월, 화 오전 시간에 신입이 오는 경우가 많다. 우리 6방은 인원수가 많지도, 그렇다고 적지도 않아서 신입을 기대하지는 않았는데 기대치 않게 신입이 들어왔다. 신입은 키가 작고 굉장히 왜소한 체격이었다. 머리는 빡빡 밀었는데 듬성듬성 땜빵이 보였다. 신입은 교도관이 문을 열어 주자 떠밀리듯 방에 들어오기는 했지만 문지방에 가만히 서 있을 뿐 한 발짝도 떼지 못했다. 사람들의 눈치를 보는 그의 눈에는 두려움이 가득했다. 그런데 그 모습이 가여워 보이기는커녕 괜한 짜증이 밀려왔다. 나는 신입을 손가락으로 가리키며 소리쳤다.

"야! 너 언제까지 거기 서 있을 거야? 보고 대충 자리 잡고 앉아. 다른 분들도 좀 앉아요. 봉사원님, 신입 왔습니다."

그러자 봉사원은 신입에게 자기소개를 시켰다.

"아…… 그…… 무슨 소개를 하면 되나요?"

어라? 말도 더듬는다. 보아하니 굉장히 답답한 스타일이 분명하다. 이런 사람들을 우리는 흔히 '고문관'이라고 부른다.

"야, 인마! 너를 소개해 보라고! 네 이름이 뭔지, 네가 뭔 죄를 지어서 들어왔는지! 그런 거나 간단히 말하고 앉아."

나는 버럭 소리를 질렀다. 보는 것만으로 열불이 났다. 저런 녀석이랑 한방에 있다 보면 속이 터져 죽어 버릴지도 모르겠다는 생각이 들었다.

"네…… 저는 이정훈입니다……. 이, 이정훈이라고 합니다. 저기, 죄목은…… 폭, 폭행죄입니다."

폭행이라고? 폭행으로 들어올 스타일은 아닌 듯했다. 그래서 나는 거짓말을 하면 혼난다고 엄포를 놓았다. 하지만 신입은 폭행으로 들어온 것이 맞다고 한다. 재차 물어도 대답은 같았다.

"그래? 네가 누굴 때렸는데?"

신입이 대답도 하기 전에 사람들은 갖가지 추측을 내어 놓았다. 아마도 쌍방폭행일 거라는 의견이 지배적이었다. 아무리 봐도 누구를 때릴 위인(?)은 아닌 것 같았기 때문이다.

"저기…… 저희 옆집에 11살짜리 꼬마애가 자꾸 시끄럽게 굴어서요……. 조용히 시키려고…… 했는데 말을 안 들어서 좀…… 좀 때렸어요."

애? 애라고? 그러면 그렇지 싶었다.

"아- 그럼 그렇지. 이제 좀 납득이 된다. 그런데 애한테 왜 그랬어, 인마. 야, 팰 사람이 없어 애를 패냐? 나이는 어디로 처먹었어?"

봉사원은 아이가 많이 다쳤느냐 물었고 무역 김 사장은 합의는 봤냐고 물었다. 그러자 다른 사람들도 제각각 한마디씩 거들기 시작했다. 모든 곳이 마찬가지겠지만 특히 감방이라는 곳은 새로운 사람에게 유독 많은 관심을 가진다. 더구나 이런 만만한 타입의 신입은 '시간 때우기'에 가장 좋은 대상이다. 사람들의 다양하고도 쉼 없는 질문 공세와 어린아이를 때린 데 대한 구박(?)이 거세지자 신입은 방 사람들의 압박을 견디다 못해 그날 저녁 스스로 방문을 차 버렸다.

구치소에서 방문을 차는 것은 그 방에 있는 사람들과 도저히 함께 지낼 수 없을 때 쓰는 최후의 방법이다. 쉽게 말해 방문을 찬다는 것은 비행사가 고장 난 비행기에서 탈출하기 위해 비상 탈출 버튼을 누르는 것과 같다고 할 수 있다. 비행기에서 탈출한 비행사는 일단 탈출에는 성공했지만 적당한 착륙지를 찾기 위해 허공을 헤매야 한다. 지표면보다 차가운 공기와 맞서 싸워야 하고, 혼자라는 외로

움의 시간을 견뎌내야 한다. 방문을 차는 것도 이와 비슷하다. 당장은 나의 생명을(?) 위협하는 이 방을 탈출할 수 있지만 그다음 나를 기다리는 것은 조사방, 혹은 징벌방이다. 징벌방은 본방과 달리 이불도 넉넉하지 않고 TV도 나오지 않는다. 낮 시간대에는 방석으로 사용할 만한 모포조차 주지 않기 때문에 양반다리를 하고 앉으면 복숭아뼈와 딱딱한 마룻바닥이 맞닿아 무척이나 고통스럽다. 취침 시에도 이불을 한 장밖에 주지 않기 때문에 바닥에서 올라오는 한기를 온몸으로 이겨내야 한다. 징벌이 시작되면 외부 접견도, 서신도 허락되지 않는다. 그럼에도 불구하고 신입은 방문을 차고 나간 것이다.

신입이 방문을 차고 나간 후 사람들은 한마디씩 했다. 그 정도 괴롭힘에 문을 차고 나가면 평생 아무것도 못 한다는 말부터 저런 놈이 어떻게 애를 때렸냐는 소리까지 머릿속으로 생각하는 것들을 죄다 쏟아냈다. 사실 듣고 보면 틀린 말은 하나도 없다. 그런데 나는 자꾸 씁쓸한 생각이 들었다. 이 공간에 함께 있는 우리 모두가 일반인들의 눈엔 신입과 다를 바 없을 텐데 하는 생각 때문이었다. 그리고 그런 생각 끝에는 다시는 이곳에 오지 말아야지, 다시는 법에 어긋나는 행동을 말아야지 하는 자기반성이 어김없이 이어졌다.

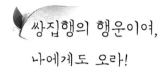

쌍집행의 행운이여,
나에게도 오라!

오늘은 우리 방 봉사원의 선고가 있는 날이다. 선고기일은 사회로 나가느냐, 아니면 형이 확정되어 징역살이를 이어 나가느냐가 결정되는 날이다. 만약 형이 확정된다면 몇 개월이냐, 아니면 몇 년이냐가 결정되는 날이기에 재소자들에게는 설렘과 두려움을 동시에 안겨 준다.

우리 방 봉사원은 내가 6방에 입방한 첫날부터 '자신은 이곳에 들어올 만한 죄를 짓지 않았다'며 억울하다는 말을 입버릇처럼 해댔다. 그런 말을 하는 근거가 어디에 있는지는 모르겠지만 어찌 되었든 봉사원은 이번 재판만 받으면 무조건 나갈 수 있을 것이라 믿는 듯 보였다. 하지만 재판결과는 그 누구도 알 수 없다. 뚜껑은 열어 봐야 알고 선고는 받아 봐야 아는 것이니까. 봉사원은 1심에서 1년 6월형을 받고 구속된 상태였고 현재는 항소재판이 진행되는 중이다. 집행유예 기간에 죄를 저지른 후 구속된 상태였기 때문에 이대로 항소심에서 형이 확정된다면 이전에 유예받은 3년형까지 더해져 4년 6월을 살아야 하는 상황이었다. 본래 집행유예 기간에 동일한 죄목의 죄를 반복해서 짓게 되면 다시 한 번 집행유예를 받아내기란 거의 불가능하다. 벌금형이 있는 죄목이라면 벌금형이라도 기대해 볼 수 있지만, 벌금 조항이 아예 없는 죄목의 경우 빠져나갈 가능성이 희박한 것이다. 하지만 경우에 따라 앞에서 안고 있던 유예된 형이 지나치게 길고, 이번에 저지른 죄가 상당히 경미하나 벌금 조항이 없는 죄목인 경우 판사의 재량으로 쌍 집행유예를 주기도 한다. 물론 이는 굉장히 드문 경우다. 그런데 봉사원은 그렇게 드문 상황을 확신하고 있는 듯했다.

아침 식사를 마치고 봉사원이 출정 준비를 하며 사람들에게 인사를 건넸다.

"그동안 고생들 많으셨습니다. 나가게 되면 꼭 접견 오겠습니다."

나는 봉사원에게 꼭 나가야 한다고 힘을 북돋아 주었고 무역 김 사장은 "이제 다시는 들어오지 마세요." 하고 봉사원의 손을 꼭 잡았다.

시끌벅적하게 봉사원이 출정을 나간 후 시간이 한참 흘러도 봉사원은 돌아오지 않았다. 정말 쌍집행이 이뤄졌나 보다, 부러움 섞인 이야기들이 오가고 있을 때 사동 주임이 나타났다.

"수번 985번! 신동범 씨 짐들 좀 빼 주세요."

봉사원이 그렇게 염원하던 '쌍집행'을 받았다. 방 사람들은 다들 '참 잘됐다'며 자신의 일처럼 기뻐했다. 사실 나는 이런 분위기를 처음엔 이해하지 못했다. 같은 방 사람이 출소하는데 왜 자신의 일처럼 저리도 기뻐할까, 하는 의구심도 들었다. 그런데 시간이 지나면서 나는 그들의 마음을 이해하게 되었다. 함께 동고동락하던 사람이 출소하는 모습을 보면서 나 자신도 언젠가는 나갈 수 있을 거라는 희망과 심리적 위안을 받을 수 있는 것이다. 그런데 기쁘면서도 한편으로 쓸쓸한 기분이 들었다. 구치소라는 제한적 공간에서 늘 함께하던 사람이 어느 날 갑자기 사라진다는 것 또한 '이별' 아니던가! 특히 이날 출소한 봉사원과 나는 죽이 잘 맞았다. 15살이라는 나이 차이에도 불구하고 관심사가 비슷했고 살면서 겪은 일 또한 공통점이 많았다. 그런 봉사원이 갑작스럽게 출소한다고 하니 기쁘면서도 한편으로 굉장히 슬픈 기분이 들었다. 마지막 가는 길에 나가서 작별 인사라도 제대로 해 주고 싶은데 그럴 수 없음이 서글프기도 하고 말이다.

어쨌든 나갔으니 다행이다. 이제 다시는 이런 곳에 발 들이지 않고 살아 주었으면 좋겠다. 더불어 쌍집행을 받아낸 봉사원의 그 좋은 기운이 내게도 좀 뻗쳐 주었으면······.

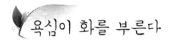

욕심이 화를 부른다

인천구치소에는 각 사동별로 혼거실이 약 10개, 독거실이 약 10개
정도 있다. 독거실을 이용하는 수용자는 대부분 사회적인 지위가 있
거나, 건달들 중에 나이가 좀 있거나, 혹은 질병이 있는 경우 중 하
나다. 정신적으로 위험성이 있다고 판단되는 경우도 독거실을 배정받
게 되는데 그런 경우를 제외한 대부분은 다른 수용자들보다는 조금
'대우'를 해 줄 만한 이유가 있는 사람에게 배정된다. 나는 목욕을 가
거나 운동을 갈 때 가끔씩 독거실에 들러서 사람들 안부를 묻곤 했
는데 그러다 가까워진 이가 바로 '최 회장'이다.

최 회장은 원체 돈이 많은 사람이었다. 자본금 100억 원 이상의 건
설 회사를 운영해 온 사업가 집안의 장남이었고 회사의 CEO로 재
직 중이다. 그런데 이렇게 금전적으로 남부럽지 않은 최 회장이 구치
소에 수감된 이유가 '돈' 때문이었다고 한다. 죄목은 상해교사였는데

그 배경에는 '돈 욕심'이 자리 잡고 있었다.

사건의 내용은 이렇다. 어느 날 최 회장과 가까이 지내는 누이한 테 연락이 왔다고 한다. 아는 사람이 정부 비자금을 세탁하는데 약 50억 원 정도의 현금이 필요하다며 혹시 자금 여력이 되느냐는 것이 었다. 최 회장은 처음에는 그 말을 믿지 않았다. 상식적으로 이해되 지 않았기 때문이다. 그런데 누이를 통해 모 신문사 국장을 만나고, 비자금 세탁 업무를 추진한다는 사람들까지 만나고 나니 어느 정도 신뢰가 생겼다고 했다. 그들이 이야기한 내용은 실로 어마어마한 것 이었다. 정부에서 현금이 많이 부족한 상황이라 고위 정치인들이 비 자금을 합법적으로 사용할 수 있도록 정부 차원에서 허락을 했다 는 것이다. 본래 비자금이란 현금으로 쌓아두고 조금씩 내역이 남지 않도록 사용하거나 돈세탁을 해야만 사용할 수 있는 것이다. 그런데 정부에서 비자금을 정상적으로 은행에 입금해 세금만 징수한 뒤 합 법적으로 사용할 수 있도록 조치해 준다는 것이다. 다만 조건이 하 나 있었다. 비자금의 한도가 1인당 얼마로 정해져 있고 자기자본이 있는 만큼만 증식이 가능하다는 것이다. 그래서 현금이 있는 사람들 을 모으는 중이라 했단다. 최 회장에게 현금 50억이 들어있는 통장 을 가지고 모 은행 본점을 찾아가라 했다. 그러면 해당 그룹의 현직 회장이 직접 나올 테니 정부 관계자와 보안각서를 작성하라고. 그러면 이틀 안에 잔고를 두 배 이상 증식해 준다면서 말이다. 이야기를 듣고 귀가 솔깃해진 최 회장은 약속 날짜를 잡았다. 자신이 모 그룹의 회장 얼굴을 알고 있기 때문에 약속장소에 해당 그룹의 회장이 나온다면 믿을 수 있는 일이라 확신했다.

그리고 며칠 뒤, 약속 날짜에 최 회장은 통장에 현금 50억 원을 입금해 놓고 수행비서와 함께 그 일당을 만나러 나갔다. 그런데 그 일당이 본점이 아닌 지점으로 이동을 해야 한다 하지 않는가? 그리고 느닷없이 해당 은행의 회장이 아닌 정부 보증인이 나온다며 말을 바꿨다고 한다. 이뿐만이 아니었다. 급기야는 50억 원을 다시 수표로 인출해 달라고 한 뒤 수표에 일당 대표의 이름으로 이서를 해서 입금을 하겠다고 했다는 것이다. 이야기가 자꾸 어긋나자 최 회장은 이 모든 것이 사기라고 확신했다. 그리고 자신이 사기를 당할 뻔했다는 사실과 지금까지 농락당했다는 것에 화가 나서 상대방의 따귀를 때리고 말았다. 갑작스레 따귀를 얻어맞은 상대는 반격에 나섰고, 이에 최 회장의 경호원이 제지를 한다고 주먹을 날린 것이 그만 상대의 안면을 함몰시켜 버리고 말았단다. 그래서 결국 최 회장은 상해 교사로 입건되었다.

최 회장의 사건을 보면서 나는 '욕심이 화를 부른다'는 말을 새삼 이해할 수 있게 되었다. 부족함이라고는 없는 사람이, 아니 남들보다 넘치게 많이 가진 사람이 조금 더 갖기 위해 욕심을 부리다 이런 일을 당했으니 말이다. 만약 최 회장이 더 큰 욕심을 부리지 않았더라면 그는 구치소가 아닌 궁궐 같은 집에서 일상의 행복을 누리며 살았을 것이다. 사실 구치소에 들어온 사람들의 절반 이상이 욕심 때문에 사고를 치고 '범죄자'라는 굴레를 쓴다. 조금 더 많은 돈을 벌기 위해, 조금 더 많이 누리기 위해, 조금 더 많이 사랑받기 위해 사람들은 넘지 말아야 할 선을 넘고 마는 것이다. 욕심이 과하면 가진 것보다 더 많은 것을 잃을 수도 있다는 것을 사람들은 모르는 걸까? 아니면 알면서도 멈출 수가 없는 걸까?

구치소에서 지켜야 할 에티켓

신입이 들어왔다. 50대 중반의 '장덕규'라는 사람이었다. 어딘지 약간 꽁해 보이는 인상을 지닌 덕규 씨는 왼쪽 가슴에 장미, 오른쪽 어깨에는 호랑이 타투가 있었다. 타투의 상태나 그림의 퀄리티를 보아하니 젊었을 때 한 것은 아닌 것 같고 오래되어야 이삼 년쯤 된 듯했다. 덕규 씨는 구치소에 들어오기 직전까지 버스 운전을 했다고 한다. 죄목은 '살인예비'인데 사연이 조금 딱했다.

조강지처라고 생각했던 아내가 바람이 났다. 그러더니 집을 나가 살림을 차렸고 어느 날엔가는 느닷없이 덕규 씨에게 이혼 소송 및 재산분할청구의 소를 제기했다. 이에 격분한 덕규 씨는 딸들에게 너희 어머니를 죽이고 말겠다고 선포했고, 실제 야구방망이와 과도를 소지한 채 부인과 외도남이 사는 집 앞에 잠복을 했다고 한다. 그런데 그런 아버지를 본 딸들이 아버지가 정말로 일을 낼지도 모른다고 생각해 경찰에 신고를 한 것이다. 그래서 덕규 씨는 아무것도 해 보지 못한 채 현장에서 체포되고 말았다. 정황 증거와 딸의 진술에 의해 '살인예비·음모죄'를 뒤집어쓰고 말이다. 이는 징역 10년까지 선고할 수 있는 중죄였다.

사연이 딱하긴 했지만 이곳에 수용된 사람들 중 눈물 섞인 사연이 없는 사람은 하나도 없다. 그리고 그 과정이 어찌 됐든 구치소에 왔으니 이곳 생활에 적응을 하는 게 덕규 씨에게 남겨진 과제였다. 하지만 덕규 씨는 좀처럼 방 생활에 적응을 하지 못했다.

징역 생활에 적응을 하지 못하는 사람들이 종종 있는데 그 이유는 다양했다. 자유가 박탈된 현실을 받아들이지 못하거나, 가족들의 얼굴을 볼 수 없어서 충격에 빠진 것은 아주 일반적인 경우다. 이러한 이유들은 이미 방에 자리 잡고 있는 선임들(?)도 모두 겪어본 일이기에 어느 정도 이해하고 넘어가는 분위기가 조성된다. 그러나 덕규 씨의 경우는 이와는 달랐다. 단체 생활에서 상식적으로 하지 말아야 할 행동을 반복적으로 해서 남에게 피해를 주었기 때문이다.

대표적인 경우 몇 가지를 소개하면 다음과 같다. 첫 번째는 화장실 사용 에티켓이다. 덕규 씨가 자리에서 일어나 화장실로 들어가자 방 사람들이 하나같이 도끼눈을 뜨고 덕규 씨를 쳐다본다. 다들 뭔가 할 말이 있다는 표정으로 말이다. 그러나 덕규 씨는 그런 시선에도 아랑곳없이 화장실에 들어갔고 이내 온 방이 다 울릴 만큼 요란한 방귀 소리를 뿜어 댔다. 그러자 사람들이 짜증을 내기 시작한다.

"아 진짜, 장 사장님! 물 좀 틀고 일 보시라고요!"

"이봐, 아저씨! 뒤에 물 틀어 놓고 볼일을 보라고! 물!"

나도 한마디 거들었다. 물 좀 틀고 볼일 보는 게 뭐가 그렇게 힘든 건지……. 수십 번, 수백 번 이야기해도 머릿속에 입력이 안 되나 보다. 머리가 나쁜 건지, 사람들의 말에 신경을 안 쓰는 스타일인지 도통 알 수가 없다.

'뺑끼통'이라고 불리는 구치소 화장실은 사회의 화장실과는 좀 다르다. 변기 물을 틀어 놓으면 수도꼭지에서 물이 흐르는 것처럼 쉬지 않고 물이 흘러나오기 때문이다. 뺑끼통을 그렇게 만들어 놓은 것은 구치소 구조의 특수성(?)을 충분히 감안했기 때문이 아닐까 싶다. 좁고 환기가 안 되는 방에 화장실까지 붙어 있다 보니 누군가 볼일을 보면 그 냄새가 방 안으로 스며드는 것은 당연한 일이다. 혹, 두 사람이 연달아 화장실에서 큰일을 보는 경우가 생긴다면 뒷사람은 꽤나 찝찝한 냄새를 맡아야 할 것이 뻔하다. 그래서 아예 물을 틀어 놓고 대변을 보는 것이 이곳에서의 원칙이 되었다. 흔적도, 냄새도 바로 씻겨 내려가면 조금이라도 위생적이기 때문이다. 게다가 물살이 내려가는 소리에 묻혀 요란한 방귀 소리 또한 잘 들리지 않으니 그야말로 일석이조 아닌가?

볼일을 다 본 뒤에도 반드시 지켜야 할 규칙이 있다. 휴지를 이용해 일 처리를 먼저 한 뒤에 물과 비누로 다시 한 번 뒤처리를 해 주어야 하는 것이다. 사실 처음에는 이런 과정이 조금은 민망하고 번거롭게 느껴졌지만 여러 사람이 붙어서 생활을 하다 보니 위생을 위해서는 어쩔 수 없는 선택이라는 생각이 들었다. 이렇게 뒤처리를 말끔히 하고나면 물기를 항문 닦는 전용 수건으로 닦아 주는데 이 수건을 '셴조이 수건'이라 부른다. 이 모든 과정이 끝난 후에는 악취 제거를 위해 섬유유연제가 들어있는 분무기를 몇 차례 뿌려야 한다. 그런데 어찌 된 영문인지 덕규 씨는 그 모든 규칙을 지키지 않았다. 덕규 씨가 지키지 않는 것은 이것뿐만이 아니다. 화장실 사용 규칙을 지키지 않아 사람들이 잔뜩 예민해져 있는 상황임에도 불구하고 덕규 씨는 '쿵쿵'거리며 걷기 시작한다. 총무는 참다못해 소리를 버럭 질렀다.

"덕규 아저씨! 발뒤꿈치 안 들어? 진짜 생선 대가리도 아니고 왜 한 번 말하면 기억을 못 해? 해보자는 거야? 응?"

덕규 씨는 "아이고…… 죄송합니다." 하고 고개를 살짝 숙였지만 늘 그때뿐이다. 변하는 건 하나도 없었다.

구치소 바닥은 대부분 나무 마루로 되어 있다. 그래서 조금만 쿵쾅거려도 소리가 울린다. 멀리 있는 방에서 싸움이 발생한다 해도 교도관이 쉽게 알아차릴 수 있는 것 또한 그 때문이다. 더구나 작은 방에 오래도록 갇혀 있어 가뜩이나 신경이 예민한 사람들에게 쿵쿵거리는 소리는 상당히 자극적일 수밖에 없다. 고로 이런 소리에 민감하게 반응하는 건 어찌 보면 아주 당연한 일이다. 그래서 덕규 씨에게 제발 발뒤꿈치를 좀 들고 다니라 타이르고 경고도 해 봤지만 변화하는 모습을 볼 수 없었다. 시시때때로 사람들에게 쌍욕을 얻어먹으면서도 참으로 한결 같았던 덕규 씨를 보며 '나는 어디에서든 절대 저러지 말아야지.' 하고 다짐하곤 했다. 우리끼리 하는 말로 '진상의 끝을 달리던' 덕규 씨의 사회생활은 어떤 모습일지 문득 궁금해진다.

2013년 9월 14일,
희망이 깨진 날

시간이 지나면 많은 것들이 변한다. 늘 같은 일상이 반복될 것 같은 구치소도 예외는 아니다. 구치소 자체가 일종의 정거장 역할을 하는 곳인 만큼 대부분의 사람들이 이감, 혹은 출소를 통해 방을 떠나고 새로운 신입들로 방이 채워졌다.

2013년 9월 14일, 우리 6방에서는 구속된 지 3개월 정도밖에 지나지 않은 내가 어느덧 짬밥 순으로 두 번째가 되었다. 이것 말고도 몇 가지 사건이 있었다. 그중 가장 가슴 아픈 사건은 1심에서 징역 1년을 선고받았다는 것이다. 금방 풀려나겠지, 생각했던 내게 징역 1년이라는 1심 선고는 '사망 선고'와도 같았다. 그래서 나는 한동안 무척이나 무기력해져 있었다. 그 무엇에도 마음을 둘 수 없었기 때문이다. 그러나 시간이 조금씩 지나고 마음의 안정을 찾게 되면서 나는 내게 주어진 그 모든 것들을 긍정적으로 생각하기로 했다. 혼자 끙 끙 앓아 봤자 달라지는 건 없으니까 말이다. 물론 이렇게 긍정적인 생각을 갖기까지는 꽤 큰 인내심과 평정심이 필요했다.

1심 재판 전, 나는 내가 할 수 있는 모든 것을 다 했다. 나를 용서해 달라는 탄원서를 100장이나 받아서 제출했고, 합의서도 냈다. 또한 내가 억울하게 수감되어 있다는 내용이 적힌 피해자의 탄원서까지도 제출했다. 수감 기간에 총 6통의 반성문을 재판부에 보내기도 했다. 탄원서와 반성문의 개수가 늘어날 때마다 나는 사회에 발 디딜 날이 가까워지고 있다고 생각했다. 나 스스로 나의 행동을 반성하고 있고, 피해자 또한 나의 구속을 안타까워하고 있다는 사실이 재판부에 강하게 어필될 것이라 생각했기 때문이다.

사실 나는 벌금 전과와 공소권 없음으로 종결 처리된 사건 기록이 많긴 했다. 하지만 그럼에도 불구하고 구치소에 수감된 경험은 없었다. 이는 대통령 빽보다 먹어준다는 이른바 '초범빽'을 갖추고 있다는 이야기다. 또한 집행유예를 받을 수 있는 모든 요건을 다 갖추었다는 의미가 되기도 한다. 더구나 구형도 3년이 아닌 2년을 받았기 때문에 경험상 집행유예를 받기 딱 좋은 상황이었다. 아니, 딱 좋은 정도가 아니라 이런 상황이면 무조건 집행유예가 나와야 정상이다. 사건의 내용 자체도 경미했고, 피해자까지 내가 억울하게 수감되었다고 탄원서를 제출해 준 상황인데 무엇이 문제가 되겠는가? 내 사건 내용과 상황을 알고 있는 방 사람들은 모두 내가 나갈 거라고 이야기해 주었다.

사실 사건 내용을 일일이 풀어서 설명할 수도 있지만 자칫 내 죄를 스스로 옹호하는 내용을 섞게 될까 하는 두려움 때문에 따로 설명하지는 않을 생각이다. 그 죄의 무게가 얼마나 되느냐를 떠나 죄는 어찌 되었든 죄고, 죄를 지은 사람은 당연히 부끄러워할 줄 알아야 한다고 생각하기 때문이다.

어쨌든 나는 기대했다. 그래서 정오가 막 지났을 무렵 담당 교도관과 대화를 할 수 있는 벨을 눌렀다.

"예, 6방. 말씀하세요."

주임이다. 나는 선고기일임을 알렸다.

"주임님. 저 철중입니다. 오늘 제 선고기일이에요. 99% 나가니까 잠시 옆방에 계신 형님들께 인사 좀 드릴 수 있도록 문 좀 따주십시오. 부탁드립니다."

규정에는 어긋나는 행동이지만 건달들의 룰을 건달만큼이나 잘 아는 교도관들이기 때문에 어느 정도의 융통성은 발휘해 준다. 간

혹 허락해 주지 않는 교도관도 있지만 이는 아주 드물다.

"그래, 철중이 오늘 나가냐? 그러면 나한테 먼저 와서 인사하고 가야지! 그게 순서 아니겠어?"

나간다는 말에 교도관이 자신 먼저 보고 가란다. 나는 교도관의 호의에 적극적으로 응답했다.

"예 당연히 그래야죠. 많이 챙겨 주셔서 감사하고 있습니다."

'철컹'

사동 주임이 문을 열어주었다. 앞서 한 번 이야기했지만 인천구치소의 구조는 복도식 아파트와 비슷하다. 엘리베이터를 중심으로 좌측 복도로 나가면 901동이고 우측 복도로 나가면 902동으로 사동이 나누어진다. 각 사동은 별도의 철문으로 가로막혀 있기 때문에 방문을 따 주면 901동 내에서는 복도를 통해 자유롭게 돌아다닐 수 있지만 902동으로 건너갈 수는 없다. 물론 방문을 따 줬다고 해서 다른 방에 들어갈 수 있는 것은 아니다. 그저 복도 쪽으로 나 있는 창문을 통해 대화를 나눌 수 있는 정도다.

나는 옆방의 형님들께 인사를 건넸다.

"편히 쉬셨습니까? 형님. 아우 오늘 선고가 있어서 미리 인사드리러 나왔습니다."

"철중이 오늘 선고드냐? 너는 사건 내용 보니까 100% 집행유예더만. 그동안 고생했고 나가믄 이제 들어오지 마라. 알긋지?"

"잘 알겠습니다. 형님, 감사드립니다."

나는 방을 두루 돌면서 안면이 있는 사람들에게 일일이 작별을 고했다. 그리고 방으로 돌아와 짐 정리를 시작했다. 방 사람들에게 미안한 마음이 들어 좋은 티를 지나치게 낼 수는 없었지만 입꼬리가 자꾸 올라가 내리느라 애를 먹었다. 입던 옷가지와 쓰고 남은 기타 물품들은 방 사람들에게 선심을 쓰듯 전부 나눠 주기도 했다. 몇 명은 아직 선고 결과가 나오지 않았으니 조금 있다가 짐을 나누어 갖겠다고 했지만, 나는 출소를 확신했기에 괜찮다며 그냥 나눠 주었다. 왠지 짐을 미리 나눠 주고 가지 않으면 다시 짐을 찾으러 와야 할 것 같은 불길한 기분이 들었기 때문이다. 나는 무조건 나갈 수 있다고 나 스스로에게 최면을 걸기 시작했다. 그때 출정담당 주임이 나를 불렀다.

"철중아. 집에 갈 때는 뒤도 보지 말고 가야 한다. 여기서 보낸 시간들은 모두 잊어버려."

나는 꾸벅 고개를 숙이며 인사했다.

"당연하죠! 그동안 정말 감사했습니다."

나는 방 사람들과 마지막 인사를 나눈 뒤 가벼운 마음으로 방을 나섰다. 출소할 때 가지고 나갈 짐꾸러미는 방문 옆 귀퉁이에 잘 세워 두고 말이다.

재판을 받으러 갈 때는 개인 짐을 들고 갈 수 없다. 그리고 만약 재판에서 집행유예를 선고받게 된다면 짐을 챙기기 위해 다시 방으로 돌아갈 수도 없다. 그래서 선고를 받으러 갈 때 미리 짐을 싸 놓는 것이다. 나는 재판에서 집행유예를 선고받은 후 바로 출소하는 '꿈'을 꾸기 시작했다.

법원 직원이 대기실 문을 열고 들어왔다.

"김철중 씨, 준비하세요."

이윽고 교도관 두 명이 내게 다가와 수갑을 풀어 주었고 양쪽에 붙어서 법정 안으로 나를 이끌었다. 나는 재판정 가운데에 섰다. 나와 공범으로 지목되어 함께 불구속 재판을 받던 동생 두 명이 사복 차림으로 이미 가운데에 서 있었다. 오랜만에 보는 얼굴이었지만 혹여 재판장의 심기를 건드릴까 싶어 서로 눈인사만 주고받았다. 우리 세 명은 양손을 모은 채로 선고를 기다렸다. 안 떨릴 줄 알았는데 긴장돼서 그런지 몹시 떨렸다. 조금이라도 빨리 선고가 끝났으면 싶었다. 빨리 끝내고 좀 편히 쉬고 싶었기 때문이다. 이런저런 생각들로 머릿속이 복잡해지고 있을 때 재판장이 입을 열었다.

"피고 김정훈과 최형철은 징역 10월에 처한다. 단! 2년간 본 형의 집행을 유예한다. 그리고 피고 김철중은 징역 1년에 처한다."

순간, 모든 것이 멈춰 버렸다. 재판장의 말도 멈춰 버렸다. 나는 당연히 '징역 1년에 처한다.' 다음에 다른 말이 나올 거라 기대했다. 이쯤 되면 '단'이라는 말이 나와야 하는데 어째 좀 늦다 싶은 생각이 들었다. 재판장의 입에서 '단, 본 형의 집행을 얼마간 유예한다.'라는 말이 이어져야 한다. 그런데 아무리 기다려도 그 말이 나오지 않고 있는 것이다. 나는 재판장을 계속 쳐다보았다. 그러자 재판장은 "김철중 씨는 1년 실형입니다." 하고 나를 똑바로 쳐다보며 정확히 말했다. 나는 뭐라고 설명할 수조차 없이 강한 현기증을 느꼈다. 지금 재판장이 무슨 말을 하는지 통 이해가 되지 않았다. 정확히 말하자면 문장은 이해할 수 있었지만 그게 나의 현실이 된다는 것을 받아들일 수가 없었다.

나는 자리에 털썩 주저앉아 버렸다. 그러자 대기하고 있던 교도관 두 명이 내 양팔을 꽉 붙잡고 조금 전 나왔던 문으로 다시 끌고 갔다. 방청석을 보니 그 많은 사람들 가운데 어머니의 얼굴이 단번에 들어왔다. 어머니는 흐르는 눈물을 닦지도 못하고 그냥 뚝뚝 흘리고 있었다. 아버지는 애써 담담한 표정을 지으셨지만 눈가는 이미 붉게 물들어 있었고 눈에는 눈물이 그득했다. 함께 자리한 내 친구들 또한 망연자실한 표정이 역력했다. 나는 나만큼이나 큰 충격을 받은 그들에게 어떤 표정을 지어 보여야 하나 잠시 고민하다 이내 웃어 보였다. 내가 울면 나를 아끼는 사람들이 더 많이 힘들 것을 알기 때문이었다. 나는 대기실까지 가는 내내 방청석에 와 있는 가족과 친구들을 쳐다보았다. 그들 또한 내게서 시선을 떼지 못했다. 그렇게 내가 대기실로 들어가고 대기실 문이 닫히는 순간, 문밖에서 어머니의 오열이 시작됐다. 어머니의 울음소리는 내 가슴을 마구 때렸고 이내 가슴이 내려앉게 만들었다.

무거운 발걸음으로 방으로 돌아오는 길, 나는 숨고 싶은 생각밖에 들지 않았다. 나간다고 설레발 쳤던 게 창피하기도 하고, 내게 주어진 상황들에 짜증이 나기도 했다. 그래서 조용히 지나쳐 가려는데 10번방에 있던 혁수 형님이 나를 불러 세웠다.

"철중아! 너 인마 왜 다시 들어와? 나갔어야지!"

"그러게요……. 젠장, 보시다시피 찍혔습니다."

애써 웃는다는 게 얼마나 힘든 일인지 새삼 깨닫고 있었다. 혁수 형님은 내가 무조건 나갈 줄 알았다 했고 나는 괜찮다고만 했다. 고작 1년 중 벌써 3개월 지났으니 이제 겨우 9개월밖에 남지 않은 거라면서. 사실 말은 그렇게 했지만 내게 남은 9개월의 무게는 90년 아니 900년과 같았다. 사회에 두고 온 것들에 대한 그리움과 미련은 내 발걸음을 더욱더 무겁게 만들었다.

그렇게 6번방 앞에 다다랐고 내가 방 앞에 서 있는 것을 확인한 사람들이 수군거리기 시작했다. 총무가 제일 먼저 입을 열었다.

"아니, 철중이 뭐 때문에 다시 왔어. 무슨 미련이 있다고 다시 와?"

"이 친구야, 무조건 나가라니까. 참 말 안 들어요!"

"얼마나 받았어? 많이는 안 받았지? 한…… 6월?"

"괜찮은 거야? 큰일이네……."

방 사람들이 한마디씩 거든다. 나는 애써 태연한 척했지만 사실 속이 쓰렸다. 괜히 신물이 올라오는 듯했고, 숙취에 시달리는 사람처럼 현기증이 일기도 했다. 그러나 이미 벌어진 일에 마음을 쓰고 스스로를 가두고 싶지 않았다. 자존심이라 해도 좋다.

"아니, 9월 중순이 넘었는데 밖이 아직도 덥더라고요. 아, 그래서 좀 더 쉬었다가 날 풀리면 나가려고 다시 들어왔어요. 이제 여기도 익숙해서 집이나 구치소나 별반 다르지도 않고요. 잘 아시면서 뭘 그리 물어보세요."

　말의 끝머리에 분명, 나는 웃었다. 그것도 소리 내어서. 하지만 그 웃음이 내 진심이 아니라는 걸 그 자리에 있던 모든 사람들은 알고 있었다. 나는 여유 있는 표정과 말투를 쓰고 있었지만 사실 내 마음은 구겨진 종잇장 같았다. 그리고 그때, 세상에서 가장 민망한 장면이 펼쳐졌다. 누가 먼저랄 것도 없이 방 사람들이 자신들의 관물함에 있던 물건을 꺼내어 내게 내밀기 시작한 것이다. 다른 사람의 관물대에서 나오는 그 물건들은 두 시간 전에 내가 나누어 줬던 것들이다. 내 앞에 물건들이 하나씩 쌓여 가는 것을 보면서 나는 정말 숨고 싶었다. 쥐구멍이 이처럼 간절한 순간은 처음이었다. 그런데 그때 나와 선고일이 같은 순열 씨가 철문을 열고 들어왔다. 얼마나 울었는지 눈이 퉁퉁 부어 있었다. 순열 씨는 얼마 전 들어온 신입인데 일명 발바리라 불리는 유형의 강간범이다. 나나 순열 씨나 다시 돌아온건 매한가지인데 너무 티를 내는 것 같아 짜증이 밀려왔다.

　"이봐, 순열 씨. 당신만 징역 받았어? 왜 방 분위기 싸해지게 질질 짜면서 들어오고 난리야? 몇 년 받았는데? 네가 한 짓이 있고 구형이 8년이니까 한 5년 정도 받을 거라고 예상은 했잖아? 설마 양심 없이 나갈 거라고 생각한 거야? 얼마나 받았는데? 얼마나 받았는데 그래?"

"저…… 8년이요……."

순열 씨의 말에 나는 그냥 입을 닫아야 했다. 판사가 구형을 그냥 들었다 놓았다. 양심이 없는 건 순열 씨가 아니라 판사였다. 아무래도 오늘은 아무 말도 하지 않는 게 나을 것 같다. 괜히 생각 없이 말을 던졌다가는 '진상의 끝을 달리던' 덕규 씨와 같은 부류의 사람이 될 게 분명했기 때문이다.

세상에 비밀은 없다

'완전범죄'에 대한 이야기가 나올 때마다 내가 입버릇처럼 하는 말이 있다. 바로 '세상에 비밀은 없다'는 것이다. 특히 범죄는 언젠가는 밝혀지게 된다. 이는 구치소에서 사람들을 만나고 그들의 이야기를 들으면서 깨닫게 된 사실 중 하나다.

앞서 1심에서 8년을 선고받았다고 소개한 순열 씨 이야기를 좀 할까 한다. 순열 씨는 '주거침입강간'으로 구치소에 왔다. '주거침입강간'은 세상 사람들이 혐오하는 대표적 범죄이며 구치소 내에서도 멸시당하는 죄목 중 하나다. 그래서 처음 순열 씨가 우리 방에 왔을 때 사람들은 순열 씨를 '짐승' 보듯 했다. 나 또한 예외는 아니었다. 오로지 성욕을 채우기 위해 여자 혼자 사는 집에 침범하고 강제적으로 여자의 몸을 범하는 것. 그것은 사람이 할 짓이 아니라 생각했기 때문이다. 내가 이렇게 이야기를 하면 다른 범죄는 사람이 할 짓이냐고 되묻는 이가 있을지도 모르겠다. 물론 범죄는 다 범죄고 그게 무엇이든 덜 나쁘고 더 나쁘고는 없다. 하지만 어찌 됐든 수많은 범죄 중 주거침입강간은 조금 더 악랄한 범죄임에는 틀림없다.

그런데 가까이에서 지켜보니 강간범 순열 씨는 지극히 평범한 사람이었다. 구치소 내의 법도(?)를 잘 지키는 것은 물론이고 방의 평화를 위해 노력할 줄도 아는 사람이었기 때문이다. 어디 한 군데 튀는 법도 없었다. 공소장에 의하면 범죄를 저지를 때 술에 취해 있었다더니 술을 마시기 전과 후가 확연히 다른 사람임이 분명했다.

구치소에 입소할 때 입소자들은 처음에 하든, 나중에 검치(검사의 소환에 응하는 것)를 나가서 하든 DNA 검사 및 보존을 하게 되어 있다. 처음에 순열 씨는 범죄를 술김에 저지른 일이라 이야기했고 범죄를 저지른 것 또한 처음이라고 했다. 하지만 구속되어 있는 동안 DNA 검사 결과가 나왔고 6년 전에 미제로 종결되었던 강간 사건 현장에서 채취된 용의자의 DNA와 순열 씨의 DNA가 일치한다는 결과가 나왔다. 그야말로 빼도 박도 못하는 상황에서 추가 기소가 붙은 것이다. 그러자 순열 씨는 사실 6년 전과 이번까지 딱 두 번 범죄를 저질렀을 뿐이라 했다. 하지만 그 누구도 순열 씨의 말을 믿지 않았다. 걸리지 않았을 뿐이지 서너 번은 더 있을 거라고 우리끼리 결론을 지었다. 그리고 가끔씩 순열 씨에게 "아까 교도관이 순열 씨 DNA 검사로 추가 사건이 또 나왔다고 하던데?" 하고 장난을 쳤다. 우리는 장난이었지만 그럴 때마다 순열 씨는 파랗게 질렸다. 우리의 추측이 거의 확실한 것 같았다. 순열 씨의 담당 판사도 우리와 같은 결론을 도출했는지 구형을 그대로 들었다 놔서 8년형을 선고했다. 사회와 피해자의 입장에서 보면 참으로 다행스러운 일이었지만 순열 씨 입장에서 보면 6년 전 저지른 사건까지 튀어나왔으니 참 재수가 없는 상황이었다.

순열 씨는 이번 사건으로 인해 많은 걸 잃게 되었다. 그중 순열 씨를 가장 좌절하게 만든 것은 단란했던 가족을 잃게 된 것이다. 순열 씨의 아내는 사건을 알고 남편에게 실망을 해서 아예 발걸음을 하지 않았다. 4살 된 아이를 만나지 못하는 것도 순열 씨에게는 참기 힘든 고통이었다. 아내에 대한 죄책감과 아이에 대한 그리움으로 하루에도 몇 번씩 고개를 무릎 사이에 박고 눈물을 흘리는 순열 씨의 모습은 나 또한 울컥하게 만들었다. 그런데 참 희한한 것은 그렇게 아들이 보고 싶으면서도 절대 아들의 사진을 꺼내 보지 않는다는 것이었다. 그래서 언젠가는 그렇게도 보고 싶으면 사진이라도 보지 그러냐고 했더니, 아들 보기에 부끄러워서 차마 사진을 꺼내 볼 수가 없다 했다. 그 말에 나는 "그러게 왜 *부끄러운* 짓을 해요?" 하고 되묻고 싶었으나 꾹 참았다. 내가 한 번 더 말하지 않아도 순열 씨는 스스로의 행동이 얼마나 잘못된 것인지 너무나 잘 알고 있기 때문이다.

앞으로 이 친구는 구치소를 거쳐 교도소에서 8년이라는 시간을 보내야 한다. 수감 기간 동안은 아무리 그리워도 그들이 찾아오지 않는 이상 가족들을 만날 수 없다. 그렇게 보고 싶어 하는 아들도 초등학교를 졸업할 즈음이나 돼야 만날 수 있게 될 것이다. 서른두 살의 나이로 구치소에 들어왔지만 마흔 살이 되어서야 이곳을 빠져나갈 수 있다. 인생에서 중요치 않은 시간이야 없겠지만 흔히 가장 중요한 시기라고 말하는 30대를 이 친구는 이곳에서 보내야 하는 것이다. 이런 상황을 쭉 지켜보면서 나는 순열 씨에게 문득문득 묻고 싶어지는 게 있었다. 한순간의 쾌락이 단 한 번뿐인 인생의 30대를 전부 버릴 만큼 간절했는지…….

선고를 받고 온 뒤로 하루 종일 눈물만 흘려대는 순열 씨를 보면서 저렇게 힘들어할 사람이 왜 그런 짓을 했는지 안타깝고 안쓰러웠다. 8년……. 숫자에서 오는 중압감 때문에 옆에 있는 나도 가슴이 답답해 왔다. 그리고 순열 씨를 보며 깨달았다. 순간의 쾌락을 좇기에 앞서 그에 따르는 기회비용의 무게를 한 번 정도는 다시 저울질해 봐야 한다는 것을. 그래야 가슴 저미는 후회를 하지 않을 테니 말이다.

유두의 러브레터

정말 오랜만에 젊은 친구가 올라왔다. 그것도 아주 새파랗게 젊다. 이름은 '유두환'인데 줄여서 '유두'라고 부르기로 했다. 머리가 전체적으로 긴데 특히 앞머리가 입술에 닿을 정도로 길었다. 게다가 밝은 갈색으로 염색까지 해 놔서 아무리 멀리서 봐도 한눈에 알아볼 수 있는 비주얼의 소유자였다. 호리호리한 체구에 키는 178cm 정도 되는데 얼굴이 기생오라비처럼 말끔하게 생겼다. 나이는 스물한 살이었는데 아직 어려서 그런지 구치소에 왔다는 스트레스보다는 여자친구를 못 본다는 스트레스가 훨씬 더 커 보였다. 유두는 이곳에 들어오는 날부터 얼굴에 자꾸 여드름이 난다며 그게 걱정이라 했다. 그런 이야기를 들을 때마다 나는 '대체 저 자식의 머릿속에는 어떤 생각이 자리하고 있는 걸까?' 하는 생각을 습관처럼 하게 됐다. 사람마다 생각의 차이가 있겠지만 내 입장에서는 이런 상황에 고작 그런 사소한 걱정으로 시간을 보낸다는 것을 이해할 수 없었다. 유두에게는 여기서 나가지 못하면 어떻게 하나, 하는 걱정보다는 여드름이 구치소를 나갈 때까지 없어지지 않으면 어쩌나, 하는 걱정이 훨씬 더 심각한 문제였다.

유두는 자신의 여자 친구를 거의 무슨 '신'을 모시듯 떠받들었다. 눈을 뜨는 시간부터 잠들기 직전까지 입에서 나오는 말의 대부분은 여자 친구에 대한 자랑이었다. 무슨 자랑거리가 그렇게 많은지 쉬지 않고 여자 친구 이야기를 해댔다. 처음에는 참 보기 좋다 싶었는데 도가 지나치니까 슬슬 짜증이 밀려왔다. 듣기 좋은 꽃노래도 한두 번 아니던가?

그러던 어느 날 함께 텔레비전을 보다가 유두에게 물었다.

"야! 유두, 네 여자 친구가 저기 저 여자 아이돌보다 예쁘냐?"

"예, 맞습니다!"

유두의 표정이 갑자기 밝아졌다. 여자 친구 이야기만 나오면 환해지는 유두의 표정이 신기할 따름이었다.

"……맞다고?"

"예, 맞아요. 형님! 저런 애들은 제 여자 친구와 비교도 안 돼요!"

여자 친구 이야기를 할 때마다 튀어나오는 유두의 자신감이 귀엽

기도 하고 한편으로는 이해되지 않았다.

"음…… 그 정도야? 대단한데! 그럼 김태희랑 비교하면 어때?"

"김태희요? 김태희랑은 전혀 다르게 생기긴 했지만 급으로 따지면 비슷한 것 같아요."

우리의 말을 가만히 듣고 있던 총무가 대화에 끼어들었다.

"와! 이 자식 확인할 수 없다고 막 뱉네, 막 뱉어. 너 인마, 거짓말 하면 여기서 못 나가!"

그 말에 유두가 발끈했다.

"막 뱉다니요? 거짓말 아니에요. 정말이라니까요!"

유두가 목소리를 높이자 어린놈이 언성을 높인다고 옆에서 한마디 씩 툭툭 던지기 시작했다. 그러자 유두는 맞는데 자꾸 아니라고 하 니까 그런 거라고 말을 흐렸다. 나는 그런 유두를 놀려 주고 싶었다.

"진짜 웃기는 놈이구먼. 그래, 뭐 눈으로 보지 않았으니까 거짓말 인지 아닌지는 모르지. 어쨌든 네 말이 맞다 치고, 그런데 그런 미인 이 너를 왜 만나신다냐? 내가 암만 이해를 하려고 해도 이해가 안 되네."

"저도 잘 모르겠어요……. 그냥 좋대요……."

슬슬 발동을 걸어야지 싶었다.

"허……. 이 자식 진짜 중증이네. 근데 너 어떻게 하냐? 눈에서 멀어지면 마음에서 멀어진다는 말 안 들어 봤어? 너 인마, 여기 있으면 여자 친구랑 헤어지게 돼 있어."

"예? 아니에요. 기다린다고 했어요."

유두의 귓불이 붉어졌다. 내 말에 적잖이 당황한 모양이다.

"에이~ 이 자식 순진한 거야, 멍청한 거야? 야! 인마, 처음에는 다~ 기다린다고 하지. 근데 한 달 지나고 두 달 지나고 해 봐라. 군대는 국방의 의무를 하러 간다는 명분이라도 있지, 여기는 그냥 네 죗값 치르러 온 거잖아. 사회에서도 안 좋게 보고. 더구나 통화도 못 하고 접견도 하루에 7분밖에 못 하는데 여자가 가만히 기다리겠냐? 너 같으면 기다리고 있겠어?"

유두의 목까지 붉은 기가 번지고 있었다.

"아니에요. 기다린다고 했어요."

"기다리긴 뭘 기다려, 인마! 더구나 네가 입에 침이 마르도록 자랑하는 대단한 미인인데 주변에 있는 남자들이 가만히 두겠냐? 어떤 놈이 채 가도 벌써 채 가지. 넌 큰일 났다."

유두는 금방이라도 울음을 터뜨릴 것 같은 표정으로 진짜 그러면 어떡하냐고 내게 물었다.

"뭘 어떻게 해? 무조건 그렇게 되는 거야. 형도 여기 와서 10년 만 난 여자 친구랑 헤어졌어. 저기 총무님도 5년인가 만난 여자랑 헤어 졌고. 아 맞다! 이 방에 있다가 며칠 전에 이감 가신 버스 기사 양반 이 한 명 있었는데, 그 양반은 여기 들어와 있으니까 이혼서류가 바 로 날아오던데 뭐. 너도 알지? 구치소에 수감되는 그 자체로 이혼 사 유가 되는 거. 그만큼 여기 오면 여자들이 싫어해."

유두의 얼굴이 완전히 굳어 버렸다. 나는 그런 유두를 보며 속으 로 쾌재를 불렀다.

'자식, 그러니까 적당히 좀 하지. 애인 없는 사람 서러워 살겠나?'

구치소나 교도소에 수감되면 상대적으로 약자의 입장이 된다. 그 러다 보니 초조한 마음을 갖게 되는 것은 물론이고 상대에게 버림 받지는 않을까 하는 두려움도 생기게 된다. 그리고 어느 순간부터는 상대에 대한 믿음이 조금씩 흔들리기 시작한다. 혹시 그 사람의 믿 음이 흔들리고 있는 건 아닐까, 그리고 결국 나를 떠나버리는 건 아 닐까 하는……. 하지만 이러한 생각을 갖는다고 해서 사랑이나 믿음 이 얕다고 생각해서는 안 된다. 이는 사랑과 믿음의 크기나 깊이로 는 설명하기 어려운 부분이기 때문이다.

하루에 주어지는 접견 시간은 7분에서 10분이 전부이고 그조차도 상대가 매일같이 찾아와야 가능한 일이다. 그리고 대부분 시간이 지나면 접견을 오는 횟수가 뜸해진다. 그때부터 온갖 상상이 사람을, 사랑을 병들게 만든다. 그래서 구치소 사람들은 외부 사람들과의 소통을 위해 손 편지를 쓴다. 디지털 문화에 익숙한 현대인들에게는 손 편지가 조금 어색할 수 있겠지만 교도소 생활을 오래 한 '빵재비'들에게 손 편지는 일상이다. 그래서 그런지 글씨뿐 아니라 글 쓰는 실력도 수준급인 경우가 많다.

유두도 여자 친구에게 편지를 종종 썼다. 그리고 여자 친구로부터 편지를 매일 받았다. 구치소 내에서는 편지를 받는 시간이 대략 정해져 있다. 일정 시간이 되면 소지가 서신을 가지고 와서 각 방에 나누어 준다. 그 시간이 되면 서로 자신에게 온 편지가 없는지 살피게 되고, 편지가 많이 오는 사람들끼리 은연중에 경쟁심이 발동하기도 한다. 특히 여러 여성들로부터 쉴 새 없이 편지가 오거나, 아니면 한 여자한테 매일매일 끊이지 않고 서신이 오는 경우 방 사람들의 부러움을 한 몸에 받게 된다. 유두 녀석은 정확히 후자에 속했다. 알록달록 예쁜 편지지에 정성스럽게 쓴 편지에서는 향긋한 냄새까지 났다.

그날도 소지가 서신 뭉치를 창틀에 올려놓고 지나가자 유두 녀석이 제일 먼저 뛰어가서 집어 들었다. 유두의 여자 친구에게서 오는 편지는 나 또한 한눈에 알아볼 수 있을 정도였다. 유두는 자신에게 온 편지를 먼저 뺀 뒤에 다른 사람들의 편지를 일일이 나누어 주었다. 여자 친구의 편지를 입에 물고 있었지만 눈과 입에는 웃음이 가득했다. 나는 그 모습이 얄미워서 조금만 놀려주자 마음먹었다.

"두환이 오늘도 편지 왔냐? 제수씨는 정말 대단해. 어떻게 그렇게 매일매일 손 편지를 써 주는지……. 보통 정성으로는 불가능한데 말야."

"헤헤! 제 여자 친구 진짜 착하죠?"

웃는 얼굴에 침 못 뱉는다고 하던데 나는 유두의 웃는 얼굴이 왜 이렇게 미울까?

"그래, 진짜 착하네. 근데 그 편지 아래쪽에 찍은 건 뭐야? 입술이야? 입술이네! 그거 제수씨가 한 거야?"

"예. 여자 친구가 편지에다 입술 자국 남긴 거예요. 저보고 자기 생각날 때 보래요. 이거 볼 때마다 정말 당장 달려 나가고 싶어요."

"아…… 그렇구나. 그런데 네 여친 보통은 아닌가 보네. 이런 이야기를 해도 되려나? 에이, 아니다."

"뭐요? 뭐가요?"

유두의 눈이 커졌다. 내가 던진 미끼를 제대로 문 거다.

"그냥 뭐 크게 신경 쓰지 말고 들어. 알았지? 그거 보통 교도소 간 남자 수발을 오래 한 여자들이나 하는 거거든. 근데 너 이번이 처음이라고 하지 않았냐? 혹시 이번 말고 또 징역 산 적이 있어?"

"예? 아니에요! 저는 처음이에요!"

정색을 하는 유두를 보니 슬슬 재미있어졌다.

"그래? 이상한데? 아~ 제수씨가 너보다 연상이랬지? 그럼 너 말고 전에 만나던 애인이 징역을 오래 살았었나 보다."

유두의 양미간이 잔뜩 찡그려졌다. 나는 그런 유두의 표정을 살피며 다시 한 번 강펀치를 날렸다.

"야, 너 설마 여자의 과거에 집착하는 그런 남자야? 그게 얼마나 못난 짓인데! 에이~ 과건데 뭘! 너는 과거 없어?"

"……형님."

유두의 표정이 침울해졌다. 목소리도 낮아졌다. 유두는 진짜냐고 몇 번을 되물었다.

"이거 입술 찍는 거……. 진짜 징역 수발 오래 한 여자가 하는 거예요?"

"그럼. 나중에 접견 오시거든 물어봐봐. 전에 수발해 주던 남자는 누구였냐고."

유두는 금방이라도 울 것 같은 표정이었다. 사실 조금 미안한 마음이 들긴 했지만 매일같이 서신 왔다고 자랑질을 해대던 모습이 얄미웠던 터라 딱히 위로해 줄 마음은 들지 않았다.

"그건 그렇고 너 들어올 때 표찰 보니까 죄목이 강간이던데. 그 이야기 좀 해 봐."

유두는 아무런 대답도 없이 물끄러미 편지만 바라보고 있었다.

"해 봐! 인마. 너 자꾸 이런 식이면 재연까지 시킬 수도 있어. 어디서 누구한테 그런 못된 짓을 한 거야?"

"형님……. 저 강간 안 했어요……."

나는 여기 들어온 강간범들 중에 '저 강간 했어요.' 하고 말하는 사람은 한 명도 없다고 일러줬다. 사실이었다. 죄를 짓고 구치소에 들어와 있는 사람들 중 자신의 범죄를 순순히 밝히는 이는 아무도 없었다. 나는 유두도 그중 하나라 생각했다. 그런데 유두가 믿기 힘든 말을 꺼냈다.

"실은 저…… 여자 친구를 강간했다고 해서 조사받고 들어왔어요……."

이게 무슨 뚱딴지같은 소린가 싶었다. 매일매일 접견 오는 것도 모자라 손 편지를 써서 보내는 그 여자 친구를 강간했다니? 무슨 말인지 도통 감을 잡을 수 없었다. 유두는 지난 이야기를 풀어 놓기 시작했다.

유두와 여자 친구는 만난 지 3년 정도 되었고 동거한 지는 약 2년 정도 되었다. 그런데 두 사람에게는 치명적인 단점이 있었다. 유두는 평소에 손버릇이 좋지 않은 편이었고 여자는 평소에 품행이 좋지 않았던 것이다. 품행이 좋지 않은 정도가 아니라, 알고 보니 룸살롱에서 손님을 접대하는 일을 하고 있었다. 유두가 그 사실을 모르고 만났던 것은 아니었지만, 나름 여자 친구가 정조를 지키기를 바랐다고 한다. 그런데 유두의 정조 관념이라는 게 좀 특이했다. 아니. 특별했다고 표현하는 게 나을 듯싶다. 손님들과 2차를 나가서 잠자리를 하는 것은 이해할 수 있지만 일적인 관계 외에 따로 만나서 잠을 자는 것은 안 된다는 것이다.

그런데 그렇게 편리한(?) 정조 관념조차도 여자 친구는 지키기 어려웠던 모양이다. 사적으로 딴 남자와 잠자리를 한 것을 알게 된 유두는 여자 친구에게 주먹을 휘둘렀고, 어느 날엔가는 너무 화가 난 나머지 주방에 있는 식칼을 가지고 와서 죽인다고 협박을 했다. 이런 유두의 모습에 겁이 난 여자 친구는 경찰에 신고를 했고, 유두를 현행범으로 체포했다. 겁에 질려 신고를 했든, 두려움에 신고를 했든 어쨌든 여자 친구는 신고를 했으니 경찰서에서 피해자 조서를 작성하게 됐다. 그런데 그 과정에서 오해(?)가 생기기 시작한 것이다. "칼로 위협당하기 전에 성관계를 했느냐?"라는 질문에 별생각 없이 "그렇다."라고 답했고, 하고 싶어서 한 것이냐는 질문에 "그렇게 욕을 먹고 있는 와중에 성관계를 하고 싶겠느냐?"라고 반문을 한 것이 문제가 된 것이다. 여자 친구의 입장에서는 정말 별 의미 없는 이야기였는데 이런 정황들이 발단이 되어 유두는 '단순강간'이 아닌 '특수강간' 혐의로 구속기소되었다.

유두의 여자 친구는 그렇게 애인을 죄인으로 만들었다. 물론 자신이 원했던 것은 아니었지만 스스로 그런 상황을 만들었다는 죄책감이 큰 모양이었다. 그래서 판사에게 직접 탄원서를 작성해서 보내는 건 물론이고 유두의 출소를 위해 노력하고 있다고 한다. 유두의 이야기를 들으면서 나는 유두에게 짠한 마음이 들었다. 유두의 여자 친구가 유두에게 가지는 감정이 사랑인지 미안함인지 알 수는 없지만 왠지 모를 쓸쓸함을 지울 수 없었기 때문이다.

사랑은 사람을 변화시킨다

사랑에 힘이 있다는 말을 많이 들어 봤을 것이다. 사랑은 사람을 변화시키는 가장 강력한 힘이며 더불어 사람을 살게 하는 힘이 되기도 한다. 나는 사랑의 힘을 40대 김정구 씨를 보며 새삼 확인할 수 있었다.

정구 씨가 처음 우리 방에 왔을 때를 나는 생생히 기억한다. 몰골이 말이 아니었기 때문이다. 회색에 가까운 머리는 어깨까지 내려왔고 얼마나 안 감았는지 고개만 살짝 내려도 비듬이 바닥에 후드득 떨어졌다. 몸에서는 공원 화장실보다 더한 악취가 났고 피부에는 부스럼이 가득했다. 발은 무좀 때문에 보기 거북스러울 만큼 엉망으로 변해 있었다. 그런 정구 씨의 모습에 나와 방 사람들은 강력하게 입방을 거부했다(수용자는 정당한 사유가 있을 경우 본인이 입방을 거부하거나 타인의 입방을 거부할 수 있다. 물론 거부를 시도할 수 있을 뿐이지 무조건 되는 것은 아니다).

하지만 사동 주임이 너무나 사정을 하는 바람에 입방을 시킬 수밖에 없었다. 단 샤워부터 시킨 뒤 입방시키는 조건으로 말이다. 강제로 샤워를 시키고 머리까지 삭발을 시켜서 들여보내니 조금 나아지긴 했지만 그 첫인상은 쉽게 지워지지 않았다. 그래서 우리는 이름 대신 그를 '숙자 형'으로 불렀다. 방에 들어온 지 약 3개월 만에 숙자 형은 조금씩 사람의 형체를 갖추기 시작했다. 매일같이 강제로 전신에 피부약을 바르게 하고, 억지로 머리도 감게 하고, 청결을 강요하니까 조금씩 태가 나기 시작한 것이다. 처음엔 보기 안쓰러울 정도로 깡마른 체형이었는데 어느덧 10kg 이상 살이 붙어 처음의 모습을 상상하기 어려워졌다.

그런 숙자 형이 수사접견을 다녀온 후 다시 한 번 '환골탈태'를 하게 됐다. 수사접견이란 검사 이외의 수사기관, 그러니까 일반적으로 형사들이 찾아와 수사를 위해 접견을 하는 것을 말한다. 이미 사건이 검사에게 송치되어 진행되는 상황에서 형사들이 찾아올 리 없으니, 수사접견을 왔다는 것은 뭔가 추가 사건이 올라올 가능성이 높아졌다는 것을 뜻하고, 이는 징역이 추가될 가능성이 높아진다는 것을 의미한다. 숙자 형이 수사접견을 간다고 해서 방 사람들은 걱정을 했다. 그런데 숙자 형을 찾아온 사람들은 형사들이 아니라 보호관찰소 검사관이었다. 출소를 하게 되면 거주할 곳이 없기 때문에 다시금 노숙 생활을 할 것인지, 아니면 노숙자들에게 무료로 숙식을 제공하는 '쉼터' 같은 곳으로의 입소를 희망하는지 조사하러 온 것이다. 그 과정에서 숙자 형이 사랑에 빠지게 됐다. 보호관찰소에서 나온 검사관에게 반하고 만 것이다. 숙자 형에게 질문지를 주면서 작성해 놓으시면 내일 이 시간에 또 오겠다는 '여자 사람'의 모습에 숙자 형은 그만 푹 빠지고 말았다.

숙자 형이 받아온 질문지를 보니 이건 뭐, 단순 설문조사 수준이 아니라 거의 대기업 인성검사 수준이었다. 문제의 난이도를 떠나서 문항의 개수가 500개가 넘으니 '아무리 할 일 없이 사는 곳이라고 해도 너무하지 않은가?' 싶은 생각이 들었다. 그런데 숙자 형은 사랑의 힘 앞에 그게 뭐가 대수냐는 듯이 이미 바닥에 쪼그리고 앉아 체크를 해 나가기 시작했다. 저녁 식사 때부터 최면에 걸린 듯 그 조사관의 이름을 계속 되뇌더니 밤에는 설레는 가슴이 가라앉지 않아서 잠을 이루지 못했단다. 원래 숙자 형이 사랑에 쉽게 빠지는 일명 '금사빠' 타입인지도 모를 일이지만, 이곳의 상황이 숙자 형을 더욱 '금사빠'로 만들고 있는 듯했다.

다음 날 아침, 숙자 형은 웬일로 깨끗이 세면을 하고 일찍부터 관복을 챙겨 입었다. 그러더니 아침부터 창문만 바라보고 있는 게 아닌가! 아마 오늘 오기로 한 보호관찰소 여직원을 기다리는 모양인데 한심스럽기도 하고 다른 한편으론 안쓰러운 마음도 들었다. 과학 잡지 「사이언스 데일리」에 의하면 사람이 사랑에 빠지는 순간, 그러니까 뇌의 열두 개 영역에서 도파민, 옥시토신, 아드레날린, 바소프레신 같은 희열감을 느끼게 하는 물질이 방출되는 시간은 0.02초면 충분하고, 그 감정을 인식하는데 필요한 시간은 단 50초에 불과하다는 연구 결과가 있었다. 쉽게 말해서 처음 본 여자와 사랑에 빠지는 데 필요한 시간은 50초 안팎에 불과하다는 것이다. 그렇게 본다면 숙자 형이 겪는 이런 현상은 지극히 정상적인 것이다. 다만 다시 만나고 싶어도 그녀가 찾아오지 않는 한 만날 수 없고, 연락처를 받아 내도 연락을 할 수 없는 상황이 안쓰러울 뿐.

오후 즈음에 수사접견이 왔다는 소지의 말에 숙자 형은 잔뜩 들떠서 나갔다. 하지만 숙자 형을 찾아온 건 어제의 그 아리따운 조사관이 아니라 건장한 남성 조사관이었다. 그래서 숙자 형은 수사접견을 나갈 때와는 달리 공기 빠진 풍선처럼 축 처져서 돌아왔다. 나와 방 사람들은 숙자 형을 위로했지만 그 어떤 말도 숙자 형에게는 위로가 되지 않았을 것이다. 그래도 나와 방 사람들은 숙자 형에게 위로의 말과 따뜻한 손길을 아끼지 않았다. 사랑은 사랑으로만 잊힌다. 그러나 징역을 사는 동안 새로운 사랑이 찾아오기를 기대하는 건 참으로 어리석은 일이다. 그래서 우리는 숙자 형의 마음이라도 품어 주고자 노력했던 것이다. 갑자기 찾아온 사랑, 그리고 뜨거워지기 전에 떠나간 사랑 때문에 숙자 형은 한동안 힘들어했다. 그러나 방 사람들에게 있어 숙자 형의 사랑은 고맙고, 또 고마운 일이었다. 숙자 형을 잠깐이라도 말끔해질 수 있게 만들어 주었으니 말이다.

여자의 변심은 유죄

　구치소나 교도소에 갇혀 있으면서 겪을 수 있는 가장 큰 비극은 사랑하는 사람을 잃는 것이다. 가족 중의 누군가가 세상을 떠나거나 사랑했던 사람이 이별을 고하는 것. 그것만큼 아프고 쓰린 건 없다. 그러나 많은 재소자들이 이곳에서 사랑하는 사람을 잃는다.

　나는 개인적으로 '여자의 변신은 무죄'라는 말에는 동의하지만 '여자의 변심은 무죄'라는 말에는 동의하지 않는다. 그러나 '변심한 여자는 병신'이라는 말에는 적극 동의한다. 내가 이런 말을 하면 시대에 뒤떨어진 발상을 한다고 지적하는 이도 있을 것이다. 그러나 나는 아무리 시대가 변하고 세상이 달라진다 해도 변하지 않아야 하는 게 있고 그것이 '사랑'이라 믿고 있다. 물론 나는 너무나 잘 알고 있다. 구속되어 징역을 사는 수용자도 힘들지만 그들보다 더 힘든 건 밖에서 수용자를 기다리는 가족들과 연인이라는 걸……. 사랑했다는 이유로 그들이 감내해야 할 고통은 너무나 크다. 남들 다 가는 벚꽃놀이, 피서, 단풍놀이는 고사하고 힘이 들 때 잠시 안아 달라 보채지도 못한다. 목소리조차 들을 수 없으니 더 힘들 것이다. 하지만 그럼에도 불구하고 길고 긴 옥 수발을 마다하지 않는 여자들이 있다. 남들은 크리스마스나 새해처럼 특별한 날이 되면 기념할 만한 장소를 찾지만 옥 수발을 하는 여자들은 어김없이 구치소로 향한다. 고작 7분에서 10분인 접견을 위해 이른 아침부터 화장을 하고 차를 타고 오는 것이다.

이런 이야기를 하는 이유는 내 사연을 풀어놓기 위해서다. 나는 5년이라는 시간을 함께한 여자 친구가 있었다. 처음 구속이 되었을 때 나는 부모님보다 여자 친구 생각이 더 많이 났다. 5년을 만났고 그중 3년을 함께 살았기에 여자 친구는 나에게 있어 '일상'이라 해도 과언이 아니었다. 내가 무엇을 하든 여자 친구는 내 곁에 있었다. 그래서 나는 결혼을 한다면 당연히 이 여자와 할 것이라 생각했고 실제로 이듬해 가정을 꾸릴 계획도 세우고 있었다. 그런데 내가 구속된 이후 그 모든 계획들이 조금씩 틀어지기 시작했다. 여자 친구는 1심까지는 간간히 접견도 오고 편지도 종종 보내 주었다. 보고 싶다, 사랑한다는 말도 곧잘 하곤 했다. 그런데 약 한 달 전쯤부터 일체 접견을 오지 않는 건 물론이고 내가 보낸 편지에 대한 그 어떤 답도 하지 않았다.

　그렇게 여자 친구에게서 연락이 끊기자 나는 조금씩 초조해지기 시작했다. 나를 잘 아는 사람들은 나를 '냉철하고 이성적인 사람'이라 생각한다. 실제로 나는 감정에 휩쓸리기보다 이성적으로 판단하고 행동하는 경우가 더 많다. 그런데 이 상황에서는 그 어떤 이성도, 그 어떤 냉철함도 필요치 않았다. 나는 편지 수령 시간이 되면 습관적으로 '오늘은 그녀에게 답장이 오지 않았을까?' 하고 기다리다가 기대감만큼 큰 실망감에 휩싸이기 시작했다. 그렇다고 해서 여느 수용자들처럼 "혹시 내 편지는 안 왔어?" 하며 편지 뭉치를 신나게 뒤져 보는 행동은 하지 않았다. 더불어 내게로 온 편지가 없다고 해서 화를 내거나 흥분을 한 적도 없다. 그저 편지를 나누어 주는 사람을 흘끔흘끔 쳐다보고 있다가 그의 손에서 편지가 완전히 사라지면 시선을 떨구는 정도였다. 하지만 그런 겉모습과는 반대로 내 속은 까맣게 타고 있었다. 그래도 나는 단 한 번도 접견을 오는 부모님이나 친구, 형님들에게 여자 친구의 일을 묻지 않았다.

　그렇게 어영부영 한 달이 지났고, 그 사이 여자 친구 생일인 10월 9일도 지나갔다. 접견도 오지 않고, 내가 보낸 편지에 답장도 하지 않았지만 나는 여자 친구에게 사정이 있을 거라 생각하고 선물과 편지를 보냈다. 구치소에서 누군가의 생일을 챙긴다는 게 결코 쉬운 일은 아니다. 그러나 나는 접견을 온 정수 형님께 부탁을 해서 60만 원 정도 하는 손목시계를 구입해 여자 친구에게 전달해 줄 것을 요청했다. 며칠 뒤 접견을 온 정수 형님은 "선물 전했다. 고맙다고 전해 달래." 하고 그녀의 말을 전했다. 나는 혹시나 하는 마음에 그 말 말고 다른 말은 없었냐 물었더니 특별한 말은 없었다고 했다. 정수 형님은 "여자 친구가 접견은 자주 오지?" 하고 내게 물었다. 아마도 선물은 전해 받는 여자 친구의 표정과 마주 앉아 있는 내 표정에서 심상치 않은 기류를 느꼈을 것이다. 그러나 나는 정수 형님에게 자세한 이야기를 하지 못했다. 그래서 그냥 "가끔요!" 하고 말을 끊어 버렸다. 그 말을 하는데 입안이 무척 텁텁하다는 생각이 들었다.

여자 친구는 그 뒤로도 연락이 없었다. 접견은 물론이고 인터넷 서신 한 번 없었다. 나는 서운함을 넘어 배신감마저 들기 시작했다. 나는 우리가 보통의 연인과는 다른 관계라 믿어 왔다. 5년이라는 시간을 함께했던 사람이기에 믿음이 컸다. 서른 살의 내게 있어 5년은 20대의 절반이며 인생의 6분의 1이다. 즉, 내 청춘을 이야기할 때 그녀를 빼 놓고 이야기할 수 없다는 얘기다.

나는 그렇게 여자 친구에 대한 원망과 서운함을 차곡차곡 쌓아 가고 있었다. 그러던 어느 날, 문득 그 친구도 피해자라는 생각이 들었다. 나는 죄를 지어 벌을 받고 있는 것이지만 여자 친구는 아무런 죄를 짓지 않았음에도 불구하고 힘든 시간을 보내고 있었기 때문이다. 나만 바라보고 살던 그녀가 내 빈자리를 느끼며 혼자 힘들어했을 시간을 생각하니 마음이 아팠다. 그래서 나는 그녀에게 편지를 보내 보기로 마음먹었다. 그 내용은 다음과 같다.

……곰곰이 생각해 보니 너도 참 많이 힘들었겠구나, 싶었어. 나 하나 믿고 지금까지 버텨 왔을 텐데……. 정말 미안하다. 적어도 너 하나만큼은 행복하게 해줄 수 있을 줄 알았는데……. 행복하게 해 준다던 숱한 약속들을 지키지 못한 것도 미안하고 너를 이렇게 힘들게 만든 것도 너무나 미안해.

20대 초반, 그 예쁜 시절에 나를 만난 네가 어느덧 20대 후반이 됐구나. 두 달만 더 있으면 또 한 살 더 먹는데 마음이 편치만은 않을 것 같다. 결혼 적령기에 접어들어 어딜 가나 주변 사람들에게 결혼에 대한 이야기를 듣게 될 테고, 그러다 보면 남자 친구는 뭐 하는 사람이냐 묻는 이도 있을 텐데……. 그럴 때마다 네 입장이 얼마나 곤란할까…….

편지도 연락도 몇 개월 째 없는 걸 보니 아마 지금 네 마음도, 네 머리도 무척이나 복잡한 것 같다. 그리고 이렇게 너를 붙잡고 있는 게 '사랑'은 아니라는 생각도 드는구나. 그동안 고마웠다. 이제라도 좋은 남자 만나서 행복하려무나. 오빠는 잘 있으니 너무 염려치 마라.

p.s 나는 평생 독신으로 살 거다. 너에게 마음을 모두 주어서 남은 마음이 없구나.

잘 기억나지는 않지만 대충 이런 식의 편지였다. 지금 생각해 보면 찌질해도 너무 찌질했다. 그깟 자존심이 뭐라고 나는 하고 싶은 말은 누른 채 쓸데없는 말만 해댔다. 왜 답장이 없느냐 묻지도 않았고 기다려 달라 보채지도 않았다. 나름 머리를 쓴다고 쓴 게 추신을 붙이는 것이었는데 출소해서 생각해 보니 그게 더 비참했다. 어쨌든 여자 친구가 이 편지를 받고 답장을 써 주면 좋겠다. 나의 사랑을, 그 굳건한 애정을 읽어 주었으면 한다.

유전무죄 무전유죄

오랜만에 신입이 들어왔다. 이름은 김향남. 나이는 33세로 나보다 세 살이 위다. 나이야 나보다 몇 살이 더 많지만 어쨌든 젊은 사람이 막내로 들어와서 기분이 좋았다. 외모는 전체적으로 방송인 유재석과 많이 닮았다. 머리는 곱슬이 심한 단발머리였는데 엄청나게 야위었다. 보통 심하게 저체중인 사람을 표현할 때 '말랐다'는 표현을 사용하는데 이 친구는 '말랐다'라는 단어로는 표현이 안 될 만큼 깡말랐다. 이 젊은 친구의 죄목은 '특수강도죄'였다. 향남 씨가 말하는 사건의 내용은 다음과 같다.

향남 씨는 여자 친구와 여자 친구의 부모님을 모시고 함께 살고 있었다. 여자 친구와 결혼은 하지 않았지만 7년 이상을 사귀면서 사실혼 관계로 지내 온 것이다. 고향이 부산인 향남 씨는 고향에서 회사를 다니며 남부럽지 않은 생활을 했었다. 하지만 근무하던 IT 계열 회사가 갑작스레 부도가 나면서 졸지에 실업자 신세가 되었다고 한다. 갑작스럽게 직장을 잃었지만 그렇다고 해서 마냥 놀 수는 없는 일이었다. 그래서 백방으로 일자리를 찾던 중 지인을 통해 인천에 있는 일자리를 소개받았다고 한다. 노가다에 가까운 고된 일이라 몸이 편하지는 않았지만 그래도 회사에서 받는 월급으로 향남 씨와 여자 친구, 그리고 예비 장모 이렇게 세 식구 끼니는 걱정하지 않고 지냈다.

그런데 장모가 갑자기 뇌졸중으로 쓰러지고 여자 친구가 어머니를 간호하기 위해 다니던 회사를 그만두게 되면서 경제적 어려움을 겪기 시작했다. 엎친 데 덮친 격으로 그 와중에 향남 씨가 허리를 다치게 되었고 더 이상 몸을 쓰는 일을 못 하게 되면서 이 가족은 벼랑 끝에 놓이게 된 것이다. 향남 씨가 실직을 하자 당장 모아 놓은 돈이 없었던 세 식구는 가끔씩 끼니를 걸러야 했다. 그러다 어느 날부터는 아예 하루 한 끼조차 먹을 수 없는 상황이 되고 말았다고 한다. 상황이 이렇게 되자 향남 씨는 해서는 안 될 짓을 마음먹게 된다. 당장 내 식구가 배를 곯고 있는데 타인에게 해가 되든 말든, 무슨 짓을 해서라도 당장 내 식구부터 먹여 살려야겠다는 생각이 든 것이다. 마음을 굳힌 향남 씨는 부엌에서 과도를 하나 챙겨 들었다. 사실 흉기는 손에 들었지만 사람을 해칠 생각은 조금도 없었다. 단지 위협만 가한 후에 지갑만 뺏을 생각이었다.

하지만 세상일 중 마음먹은 대로 되는 건 극히 드물다. 향남 씨도 마찬가지였다. 향남 씨는 인적이 드문 골목길에 서서 한참을 기다린 끝에 손가방을 든 중년 여성을 만났다. 느닷없이 다가가서 흉기를 들이밀자 놀란 여성이 미처 손쓸 틈도 없이 소리를 지르며 뛰었다. 이에 향남 씨도 놀라서 반대쪽으로 달렸지만 며칠 동안 식사를 거른 탓에 다리에 힘이 풀려 멀리까지 뛸 수가 없었다. 결국 향남 씨는 놀람 반, 배고픔 반으로 다리가 풀려 자리에 주저앉았고, 잠시 후 신고를 받고 출동한 경찰에게 현행범으로 체포되었다. 죄목은 강도 중에서도 죄질이 나쁜 '특수강도'. 하지만 향남 씨는 이러한 범죄와 전혀 어울리지 않는 인물이었다. 도대체 누가 저 뼈다귀한테 강도를 당할 수 있겠는가 싶을 정도로 유약한 사람이지만 막상 변을 당한 중년 여성의 입장에서는 그 순간이 얼마나 두려웠겠는가? 본인 말에 의하면 너무 배가 고파서 그랬다고는 하지만 그래도 사람이 타인에게 피해를 주면서 배를 채워서야 되겠는가? 사연이야 딱하지만 어쨌든 향남 씨의 행동에 대한 죗값은 치러야 할 듯하다.

향남 씨의 사연을 듣고 나서 가만히 방 사람들을 둘러보니 같은 방을 쓰고 있는 11명 중에 2~3명을 제외하고는 하나같이 돈이 없는 사람들이었다. 방 사람들의 평균 나잇대가 40대에서 50대 사이임에도 불구하고, 대부분 보증금 500만 원짜리 월세를 사는 사람들이었다. 정확한 연구 조사 결과는 없지만 돈의 많고 적음이 범죄율에 영향을 끼치는 것은 분명해 보였다. 향남 씨를 만나기 전, 나는 가난 때문에 범죄를 저지르는 사람들을 보며 혀끝을 찼다. 가난을 벗어나고 싶으면 일을 하지 왜 범죄를 저지를까 하면서 말이다. 그런데 향남 씨를 만난 후 조금은 달라졌다. 그들에겐 그들 나름의 이유가 있을 것이라고 생각하기 시작한 것이다.

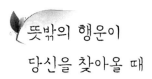

뜻밖의 행운이
당신을 찾아올 때

오늘은 유두 즉, 두환이가 선고를 받는 날이다. 평소 몹시 밝은 성격의 유두지만 선고일 아침부터 말수가 눈에 띄게 줄었다. 그도 그럴 것이 방 사람들 대부분이 유두가 출소할 확률이 높지 않다는 데 뜻을 같이하고 있었기 때문이다. 유두는 구형을 4년이나 받은 상태였고 흉기를 들고 여자 친구를 위협하는 등 죄질이 좋지 않았다. 그래서 아무리 피해자인 여자 친구가 합의를 해 주고 탄원서를 넣었다고 하지만 1심에서 나가기는 어려울 것이라는 전망이 지배적이었다. 통상적으로 구속 시점부터 선고까지 약 2~3개월이 소요되는데 구속된 지 3주 만에 선고를 받게 된 것도 좀 걸리는 부분이었다. 게다가 이 녀석은 본 재판과는 별도로 벌금 500만 원이 걸려있는 상황이었다. 그래서 만약 집행유예를 받더라도 벌금을 바로 내지 않는 이상 다시 돌아와 벌금 사동으로 가게 된다.

유두가 오후에 선고를 받기 위해서 출정을 나갔다. 나는 방 사람들과 장기를 두며 시간을 보내다가 운동 시간이 되어 운동을 마치고 방으로 들어왔다. 시계를 보니 슬슬 오후 출정자들이 돌아올 시간이 되어가고 있었다.

"출정입니다!"

소지가 출정자들이 돌아왔으니 사동 대문을 열어 달라고 큰 소리로 외쳐댄다. 문이 열리는 소리와 출정 나갔던 수용자들이 들어오는 소리에 사동 복도가 순식간에 왁자지껄해졌다. 역시나 잠시 후 선고를 받으러 갔던 유두가 창문 앞에 얼굴을 들이밀었다. 나는 유두의 어깨에 손을 둘렀다.

"얀마, 너 왜 안 나가? 나가라니까. 이 형님 두고 차마 발길이 안 떨어졌냐?"

"아니에요, 형님! 저 집행유예 받았어요! 2년에 4년 받았어요!"

유두의 낯빛이 무척이나 훤하다.

"뭐? 집행유예를 받았다고? 근데 어떻게 다시 올라왔어? 집행유예면 나갔어야지. 너 뭐 잘못 들은 거 아니야?"

"아니에요! 저 벌금 500만 원을 못 낸 게 있어서 지금 못 나간대요. 노역방인가? 거기로 가야 한다던데."

유두의 목소리는 잔뜩 들떠 있었다. 그런데 나는 기분이 그리 좋지 않았다. 축하해 줄 일이 분명한데 함께 기뻐해 줄 만큼 흥이 나지 않았다.

"인마, 너 정말 운이 좋은 녀석이구나. 어쨌든 축하한다. 2년에 4년이면 나름대로 잘 받았네. 너 어제 무슨 꿈 꿨냐?"

"꿈도 안 꿨어요. 어찌나 긴장되던지 새벽까지 뒤척이다 겨우 잠들었어요."

"아무튼 축하해!"

"감사합니다. 다 형님 덕분입니다."

"내가 무슨……."

나는 괜히 멋쩍은 생각이 들었다. 유두의 집행유예를 진심으로 축하해 주지 않고 있는데 고맙다는 말을 듣는 이 순간이 어색하기 그지없었다. 하지만 내가 유두를 축하해 주지 못하는 데는 나름대로 타당한 이유가 있다. 나는 유두보다 구형도 훨씬 적었고 피해자까지 와서 나를 용서해 달라 청했다. 그럼에도 불구하고 매몰차게 형을 선고하더니 이 녀석에게는 집행유예를 내렸다. 이런 상황에서 내 마음이 좋을 리는 없지 않는가?

"형님, 오늘이 여기서 마지막 밤이라니까 서운한 생각이 들어요."

유두는 내 옆으로 와서 말을 시키기 시작했다. 부러움에 괜히 마음이 좀 틀어지긴 했지만 '마지막'이라는 말을 들으니 또 서운하다.

"서운은 무슨……. 미리 짐이나 싸. 나중에 허둥지둥하지 말고."

"짐은 뭐 천천히 싸도 돼요. 별것도 없는데."

"그래. 네 마음대로 해라. 대신에 좀 조용히 앉아 있어 줄래? 여기 못 나가서 답답하신 어르신들도 많이 계시는데 어디 혼자 신 나서 난리냐? 이빨 좀 그만 보이고. 이를 다 뽑아 버리기 전에!"

나는 주먹을 들어 유두의 얼굴에 가져다 댔다. 유두는 내 주먹을 두 손으로 감싸더니 살짝 내려놓는다. 그리고 씩- 웃어 보인다.

"제가 분위기 파악을 못 했죠. 죄송합니다."

유두가 입을 닫자 다시 방에는 정적이 찾아왔다. 나는 방 한쪽 구석 벽에 등을 기댄 채 책을 펴 들었다. 짐을 정리하는 유두의 모습이 눈에 들어왔다. 유두의 표정은 밝았지만 그런 유두가 측은한 생각이 들었다. 운 좋게 집행유예를 받아냈음에도 불구하고 고작 벌금 500만 원 때문에 나가지 못한다는 게 말이 되는가? 하루 노역에 일당 5만 원씩 계산되니까 녀석은 500만 원을 갚기 위해 100일을 더 갇혀 있어야 한다. 500만 원 때문에 3개월을 더 구치소에서 머물러야 하는 유두의 신세도 처량하기 그지없다. 나는 그런 유두를 측은히 여겨 저녁에는 특별히 맛있는 반찬을 데워서 줘야겠다고 생각했다.

상을 펴고 저녁 식사를 하려고 준비를 하는데 갑자기 담당 주임이 창가로 다가왔다.

"유두환 씨, 방 나갈 준비 하세요."

"저요? 아……. 저 내일 간다고 했는데 혹시 오늘 벌금방으로 올라 가나요?"

방 사람들의 시선이 모두 유두에게 고정되어 있다. 주임의 입에서 어떤 이야기가 나올까 궁금했다.

"아니요. 출소입니다."

"출소요?"

"네, 밖에서 누가 벌금 다 냈다고 전화 왔네요. 얼른 나오세요."

순식간에 방이 술렁이기 시작했다. 사람들은 유두에게 축하한다 고 다시는 이런 곳에 오지 말라는 말을 전하고 있었지만 평소와는 분위기가 사뭇 달랐다. 뭐라고 할까? 뭔가 쌉싸름한 기운이 맴돈다 고 하면 적절한 표현이 될까?

구치소에서 이렇게 바로 출소하는 경우는 거의 없다. 보통 만기 출소를 하게 되는 경우에는 출소하기 2~3일 전에 '만기방'이라는 곳으로 옮겨 간다. 만기방은 방도 따뜻하고, 뜨거운 물이 콸콸 나오는 샤워장 겸 화장실이 방 안에 있다. 티브이도 교정 방송이 아니라 정규 방송과 케이블 방송이 나오는 곳이다. 만약 재판에서 '집행유예' 혹은 '무죄'를 받게 되는 경우에는 방으로 올라오지 않고 바로 출소하기 때문에 실질적으로 출소하는 사람을 이렇게 맞닥뜨릴 경우는 없다고 보면 된다. 사실 유두를 이렇게 보내기 전에는 몰랐다. 교정 기관에서 출소자를 방에서 바로 내보내지 않는 이유를. 재판을 나가기 전 짐을 싸는 게 오히려 이상하다 생각했다. 그런데 조금 전까지 함께 생활했던 사람이 바로 옆에서 집에 간다고 나가 버리니 기분이 굉장히 싱숭생숭했다. 허전함과 동시에 밀려드는 허탈함……

유두가 마지막 인사라고 큰 소리로 뭐라고 실컷 떠들어 댔는데 무슨 말을 했는지 잘 기억이 나지 않는다. 그저 생글생글 웃으면서 집으로 가는 뒷모습이 심히 부러웠다는 것뿐. 나도 저렇게 나가서 엘리베이터만 타고 내려가면 될 것 같은데 왜 이러고 있는지 도무지 납득이 되지 않았다. 바깥세상이 너무나, 사무치게 그리운 날이다.

아내와 애인이 번갈아 접견 오는 행복한(?) 남자, 강민

50대의 공갈범 강민 사장은 마누라와 애인이 번갈아 접견을 온다. 우리는 그런 강민 사장을 '복 터진 남자'라 불렀다. 더구나 강 사장의 애인은 그림을 그리는 화백이었는데 얼마 전에는 전시회도 열었을 만큼 실력이 있는 사람이었다. 하지만 '복 터진 남자' 강 사장은 복에 겨운 걱정을 하고 살아야 했다. 혹시라도 마누라와 애인이 접견장에서 마주치지는 않을까, 늘 노심초사해야 하는 것이다. 그런 강 사장의 모습이 안쓰럽기도 하고 한심하기도 하고 또 한편으로는 부럽기도 했다.

강 사장은 '공동 공갈'로 구치소에 들어왔다. 흔히 말하는 '꽃뱀' 사건에 연루된 것인데 그 스토리 또한 삼류 드라마에서나 봄직한 내용이다. 그러나 누구나 속아 넘어갈 수 있는 이야기이기에 소개한다. 만약 당신에게 이런 일이 벌어지게 된다면 절대 걸려들지 말라는 의미로.

사건의 시나리오를 짜는 이를 '총책임자'라 부른다. 총책임자는 금전적으로 상당히 여유 있는 유부남을 물색하는데 이렇게 물색된 사람을 '타깃'이라 칭한다. 타깃이 정해지면 의도적으로 사적인 만남을 만들어 호의를 베풀고 좋은 관계를 유지한다. 그래서 어느 정도 신뢰를 쌓았다는 판단이 들면 우연을 가장해 미리 섭외한 여자, 즉 '꽃뱀'을 술자리에 동석시키고 슬그머니 총책임자는 빠져나간다. 총책임자가 나가면 이 꽃뱀은 남자에게 2차를 권하고 결국 잠자리까지 가게 되는 것이다. 그렇게 첫 번째 잠자리가 이루어지면 두 번째 만남은 어렵지 않게 이뤄진다고 했다.

이런 일련의 과정 뒤에 펼쳐지는 스토리는 너무나 뻔하다. 두 번째 잠자리를 위해 타깃과 꽃뱀이 모텔에 있을 때 남성 두 명이 이들이 머물고 있는 모텔의 문을 열고 들어오는 것이다. 그런 다음 유부남인 주제에 자신의 여동생을 농락했다며, 돈을 주지 않는다면 신고를 하는 것은 물론이고 타깃의 가족들에게도 이 사실을 알리겠다고 협박을 한다. 바로 이 역할을, 협박을 담당하는 일을 강 사장이 맡았다고 한다. 그리고 강 사장의 협박에 피해자들은 최소 3천만 원에서 최대 1억 5천만 원에 이르는 돈을 뜯어 냈다. 강 사장의 이야기를 들으며 나는 이렇게 '불 보듯 뻔한' 시나리오에 넘어가는 이들도 있구나 싶었다. 잊을 만하면 뉴스에 보도되는 흔하디흔한 스토리의 범죄임에도 불구하고 자신에게 이런 상황이 닥치면 이게 '덫'이라는 모른다는 게 좀 의아하기도 했다. 이 세상에 조건 없이 다가와 호의를 베푸는 이는 없다. 또한 불륜임을 알면서도 먼저 접근해 잠자리를 요구할 만큼 나 자신이 매력적인 남자인가에 대한 고민도 한 번쯤은 해봐야 하는 게 아닐까?

가정을 지키는 비용으로 그렇게 어마어마한 돈을 쓸 거라면 애당초 그런 짓거리를 하지 않으면 된다. 그 돈으로 가족과 맛있는 걸 먹고, 함께 여행을 간다면 돈의 가치는 더 상승할 것이다. 적어도 '내가 그때 그러지 않았어야 했는데!' 하는 후회는 하지 않을 수 있지 않을까? 그리고 가정도 지켜야 하고 애인과의 관계도 포기할 수 없어 애쓰는 강 사장이 과연 행복할까 하는 의구심도 가지게 됐다. 어쩌면 그는 '복 터진 남자'가 아니라 '복장 터지는 남자'이고 그의 여자들은 '복이 지지리도 없는 여자'일지도 모를 일이다.

100% 확실한 건 없다

고대하고 고대하던 항소선고일이 다가왔다. 지긋지긋한 재판이 드디어 끝나는 날이라 생각했고 나는 분명 이곳을 나갈 수 있다고 믿었다. 아니, 100% 확신했다. 죄가 경미했고 초범인 데다 피해자가 직접 법정에 출두해서 나를 풀어줄 것을 간청했기 때문이다. 거기다 1년형에 벌써 6개월을 살았으니 이쯤 되면 집행유예는 분명한 사실이었다. 그런데 결과는 내 생각과 완전히 어긋났다.

출정을 나가니 나와 같은 재판부에서 항소선고를 받는 사람이 자그마치 11명이나 되었다. 선고를 할 때 보통 먼저 부르는 선고자들은 출소인 경우가 많고 순번이 뒤로 갈수록 실형을 받게 된다는 설이 있다. 그래서 나는 부디 내 이름이 처음에 불리길 기도했다. 하지만 교도관은 내 이름을 아홉 번째에 불렀다. 조금은 찜찜했다. '설'은 '설'일 뿐이라 생각하지만 그래도 기분이 썩 좋지는 않았다. 그래도 출소에 대한 믿음을 깎아내리지는 못했다.

　내 이름이 호명되자 출정 교도관이 수갑을 풀어주었고 나는 법정
으로 나가서 증인석에 섰다. 언제나 그래 왔듯 방청석에는 간절한 표
정으로 재판을 바라보는 부모님과 지인들이 있었다. 판사가 판결문
을 읽어 내려가기 시작하자 심장이 마구 요동쳤다. 귓전에 내 심장박
동 소리가 들릴 만큼. 판결문의 내용은 상당히 길었는데 판사의 판
결문 낭독 내용에 따라 가슴이 철렁 내려앉았다가 또 다시 희망에
부풀어 올랐다가를 몇 차례 반복했다. 이 짓을 오래 하다가는 심장
에 문제가 생길 것 같았다. 머릿속은 갖가지 생각들로 잔뜩 뒤엉켰
고, 심장은 이에 아랑곳없이 쉬지 않고 뛰었다.

　그때, 재판부에서는 내가 무죄를 주장하는 부분을 받아들일 수
없다는 대목이 나왔다. 재판부가 판결문을 얼마나 꼼꼼히 써 왔는
지 낭독하는 중에 내가 검찰에서 했던 말까지 그대로 읽어줬다. 말
미에는 최근 내가 합의를 본 폭력사건 세 건에 대해 다시 언급했는
데 그때 '아, 좋은 상황은 아니구나.' 하고 짐작할 수 있었다. 역시나
결과는 항소 기각. 만약 기각이 된다 하더라도 2개월에서 4개월 정
도는 감형을 해 주지 않을까 기대했었는데 단 하루도 깎이지 않았
다. 실망감은 말로 다할 수 없을 만큼 컸다. 판사의 입에서 '단, 피고

인의 형을 3년간 유예한다.'라는 멘트가 나오기를 기대했지만 1심 때
와 다를 바 없는 상황이 전개되고 있었다. 그래도 나는 혹시나 하는
마음에 멍한 표정으로 재판장을 계속해서 쳐다보고 있었다. '제발,
한마디만 더 해 주세요!' 그랬더니 드디어 판사가 입을 열었다.

"교도관님. 어서 데리고 나가세요."

하늘이 무너져 내렸다. 끝이다. 영락없이 끝났다. 1년이라고 해 봐
야 이미 6개월을 살았으니 이제 6개월만 더 살면 되는데 마치 인생
이 끝난 것 같은 기분이 들었다. 그나마 오늘은 나갈 수 있을 거라
는 희망으로 하루하루를 견뎌 왔는데, 겨우 버텼는데 앞으로 지금껏
견뎌 온 시간만큼을 더 버텨야 한다니⋯⋯. 눈앞이 캄캄해졌다. 그
제야 어머니의 울음소리가 들렸다. 고개조차 들지 못하고 얼굴을 손
에 묻고 울고 있는 어머니의 어깨를 안아드리지 못하는 것이 너무나
마음 아팠다. 애써 덤덤하게 나를 바라보고 있는 아버지의 눈빛 또
한 흔들리고 있었다. 판사가 말도 못하게 미웠다. 죽도록 미워진다는
말이 실감이 날 만큼.

내가 방으로 돌아오자 다들 놀란 토끼 눈으로 왜 다시 들어왔냐
고 물었다. 나는 딱히 답변할 말이 생각나지 않아서 웃음으로 얼버

무렸다. 처음이 아니기에 이 순간이 더 어색하고 민망했다. 그래서 얼른 자리에 앉자 싶어 발을 옮기는 찰나, 방문 앞에 놓인 내 짐 가방 두 개가 보였다. 나는 가방을 들고 걸음을 옮겼다. 내 걸음이 닿는 곳마다 방 사람들의 시선이 따라왔다. 불편한 정적이 흘렀다. 답답했다. 그래서 나는 몸서리치게 어색한 이 순간을 벗어나기 위해 먼저 입을 열었다.

"아, 나 밥 좀 줘요. 밥! 나가서 맛있는 거 먹으려고 점심도 안 먹고 나갔는데 배고파 죽겠네! 라면하고 빵이랑 우유 좀 꺼내 줘요!"

방 사람들이 일어나서 상을 차려 주며 위로의 말을 한마디씩 건넸다. 그러나 그 어떤 말도 내게 위로가 되지 않았다. 나는 그저 꾸역꾸역 음식들을 입속으로 밀어 넣었다. 음식을 입에 넣고 씹고 삼켰지만 아무런 맛도 느껴지지 않았다. 내가 먹는 게 빵인지 우유인지 라면인지는 중요한 게 아니었기 때문이다.

그러던 중 소지가 접견이 왔다며 내 이름을 불렀다. 지금은 그 누구도 보고 싶지 않았지만 싫어도 어쩌겠는가? 부모님이 오셨다는데……. 나는 무거운 몸을 일으켜서 옷을 챙겨 입고 방문을 나섰다. 접견장에 들어서니 역시나 어머니는 통통 부은 눈을 제대로 뜨지도 못하고 있었다. 아버지는 언제나처럼 애써 태연한 모습을 보이려고 하지만 그것 또한 쉽지 않아 보인다. 자꾸 들썩이는 어머니의 어깨를 다독이던 아버지가 "당신이 그렇게 울면 애가 안에서 얼마나 마음이 안 좋겠냐?"라고 어머니를 꾸짖었다. 그 모습에 더욱 마음이 아팠다. 그러나 나는 죄송하다는 말을 할 수 있는 면목조차도 없었다. 사람들이 내게 했던 위로의 말들이 아무런 위로가 되지 않았던 것처럼 내가 어떤 말을 한다 해도 부모님께는 위로가 되지 않을 것이다. 그때 아버지가 먼저 이야기를 꺼냈다.

"차라리 잘됐다고 생각해라, 철중아. 아버지는 차라리 잘됐다고 생각한다."

아버지는 나를 물끄러미 바라보고 있었다.

"예……. 저도 그렇게 생각해요. 괜히 나갔다가 추가 사건으로 또 잘못되느니 그냥 합쳐서 받는 게 낫다 싶어요. 그래야 징역도 싸고 유리하다고 하더라고요."

"그래, 그렇게 생각하자. 혹시 아냐? 몇 개월만 더 살고 나오면 나머지 죄도 감형되어서 집행유예를 받게 될지? 우리 희망을 갖자."

아버지의 이야기에 나는 애써 웃어 보였다.

"그럼요. 전 걱정하지 마세요. 여기도 다 사람 사는 곳인걸요, 아버지. 밥도 입에 잘 맞고 운동도 규칙적으로 하고 책도 밖에 있을 때보다 훨씬 더 많이 볼 수 있어 편해요."

"그래. 네가 그렇다니 다행이구나. 여보, 이제 그만 울게. 이 사람
아, 누가 죽었어? 철중이가 괜찮다고 하잖소?"

그래도 어머니는 울음을 그치지 않았다. 들썩이는 어머니의 가녀
린 어깨를 보니 심장이 찌릿해졌다. 언젠가 어머니가 '부모는 자식
때문에 산다'는 말을 했던 게 떠올랐다. 그리고 내가 어머니를 살고
싶게 만들었던 적이 있었던가 하는 자괴감에 휩싸였다. 다시는 이런
일로 어머니의 눈에서 눈물 나게 하지 말아야지……. 나는 몇 번이
고 다짐했다.

"아버지, 너무 그러지 마세요. 어머니야 원래 눈물이 많으시잖아
요. 집에 가서서 잘 좀 달래 주세요. 정말 죄송합니다……."

"죄송한 줄 알면 다시는 이런 곳에 올 생각 하지 말거라."

아버지의 말에 나는 고개를 꾸벅 숙이며 알았다고 답했다. 접견
시간 1분을 남겨놓고 접견 종료를 알리는 방송이 나왔다. 소리는 잘
전달되지 않았지만 방송 소리가 커질수록 어머니의 오열 소리도 커
지는 것을 느낄 수 있었다. 아버지가 어쩔 줄 모르는 표정으로 어머
니의 양쪽 어깨를 잡고 계신다. 도대체 어머니와 아버지는 무슨 죄
가 있어서 이렇게 고통받고 계시는지 도무지 모르겠다. 죄는 내가 지

었고 벌은 나만 받으면 되는데……. 그런데 어찌 된 영문인지 나보다 더 큰 벌을 어머니, 아버지가 받고 있는 것 같다.

방으로 가면서 나는, 다시는 그 어떤 것에도 100% 희망을 걸지 않기로 했다. 이 세상에 100%는 절대로 없으니까.

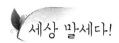
세상 말세다!

신문을 보면 '세상이 어떻게 되려고 이러나?' 싶은 사건 사고들이
종종 발생하는 걸 볼 수 있다. 나는 그런 사건들을 접할 때마다 귀
뚜라미 씨 생각이 난다.

귀뚜라미 씨는 자신과 재혼한 부인의 딸을 성폭행한 혐의로 구속
되었다. 그런데 귀뚜라미 씨는 딸과 성관계를 한 것은 맞지만 딸이
먼저 관계를 요구했다고 주장하고 있었다. 딸의 성관계 요구를 들어
주지 않자 딸이 귀뚜라미 씨의 옆에 누워서 자위를 계속 하는 바람
에 어쩔 수 없이 관계를 가졌다는 것이다. 그러나 딸은 귀뚜라미 씨
의 주장과는 달리 여러 가지 증거 및 친구들의 증언을 들어 강제로
당한 것이 맞다고 주장했다. 그래서 귀뚜라미 씨는 재판부에 강력히
요청해 군대에 있는 아들을 증인으로 출석시키기로 했다. 아들의 증
언으로 무죄를 입증할 수 있는 건 아니지만 지금 상황보다는 훨씬

더 유리해질 것이라고 굳게 믿고 있었기 때문이다. 그런데 오후에 재판을 다녀온 귀뚜라미 씨의 얼굴이 너무나 어두웠다. 무언가 잘못되고 있는 게 분명했다. 그래서 나는 귀뚜라미 씨에게 재판이 어떻게 됐냐고 물었다.

"7년 받았습니다. 뭐, 구형은 구형일 뿐이니까요."

"7년? 하긴 뭐 죄목이 있으니까 검사가 좀 높게 불렀겠죠. 무죄만 나오면 나갈 수 있는데 7년이든 10년이든 구형이 무슨 상관입니까?"

내 이야기를 듣는 귀뚜라미 씨의 표정이 너무 어두웠다. '구형은 구형일 뿐'이라고 이야기한 건 분명 귀뚜라미 씨인데 내가 한 말에 기분이 나빴던 걸까? 7년 구형을 받은 것 때문은 아닌 것 같은데……. 알 듯 말 듯한 귀뚜라미 씨의 표정에 나는 자꾸 신경이 쓰였다.

"아드님은 나와서 진술 잘했어요? 어떻게 좀 유리해질 것 같습니까?"

"예……. 뭐, 그렇긴 할 것 같은데요……. 아휴…… 너무 충격적인 말을 들어서요. 아니, 글쎄 그 요망한 년이……."

필히 뭔가 있다.

"왜요? 그 딸이 또 다른 증거라도 가지고 왔던가요?"

"아니요……. 아들 녀석도 고등학생 때부터 제 누나하고 성관계

를 했답니다. 강제로 당했다고 말하더군요. 원래 누나가 성도착증
이 있다는 증언을 하면서 그 이야기를 꺼내는데…… 그것도 모르고
참……. 차라리 증인으로 부르지 말 것을……. 아휴, 제가 아들놈 인
생까지 말아먹는 겁니다."

  이야기를 들으면서도 이게 무슨 상황인지 쉽게 납득이 가지 않았
다. 세상에 일본 AV에서나 보던 콩가루 집안이 실존하고 있다니. 정
말 세상 말세다! 이 세상이 어떻게 돌아가려고 이러는 건지…….

구치소에서 맞는 생일

    12월 21일, 눈이 펑펑 내렸다. 오늘은 내 생일이다. 적어도 생일만큼은 사회에서 맞이할 수 있을 줄 알았는데 결국 생일마저도 구치소에서 맞이하게 됐다. 오늘 같은 날, 사회에 있었더라면 지인들과 모여 파티라도 했을 텐데……. 구치소에서의 생일은 365일 중 그냥 그런 하루 일 뿐이었다. 그래서 나는 아침부터 기분이 좋지 않았다. 문득문득 내 꼴이 왜 이럴까, 하는 생각을 하긴 했지만 오늘처럼 씁쓸한 기분이 드는 건 처음이었다. 하지만 그런 생각을 한다고 해서 달라지는 건 없다. 그래서 나는 그나마 '장소변경접견'이라도 할 수 있어 다행이라고 스스로를 다독이기 시작했다. 일반적으로 접견은 아크릴판에 가로막힌 접견장에서 마이크를 통해 대화를 나누는 것을 의미한다. 그러나 장소변경접견은 사람과 사람 사이를 가로막는 아크릴판이 없다. 직접 접견인과 대면할 수 있는 것이다. 그런데 장소변경접견을 할 수 있는 경우는 그다지 많지 않다. 구치소에서 허가를 받아야만 가능하기 때문이다.

　나는 장소변경접견을 위해 접견실로 자리를 옮겼다. 접견실에는 허리 높이의 책상이 놓여 있었다. 교도관과 앉아서 기다린 지 채 일 분도 되지 않아서 부모님과 정수 형님이 들어왔다. 나는 교도관에게 양해를 구한 후 어머님과 짧은 포옹을 나눴는데 이전보다 상당히 야위었다는 것을 손끝으로 느낄 수 있었다. 형님과 부모님은 내 생일을 축하해 주려고 어렵사리 특별접견을 신청했다고 했다. 그 마음이 너무 고마웠지만 그보다는 미안한 마음이 더 컸다. 자식을 구치소에 보내 놓고 한시도 마음 편히 지내지 못하는 부모님께 너무 면목이 없었기 때문이다. 그리고 한편으로는 다시는 이런 일로 부모님의 가슴에 대못을 박지 말아야지 하는 다짐도 했다.

　접견을 마치고 방으로 돌아오니 헤어진 아니, 일방적으로 나를 버린 전 여자 친구에게서 편지가 와 있었다. 구치소에 있어도 생일은 생일인 모양이다. 전 여자 친구는 얼마 전 나와 함께 머물던 집에서 이사를 했고 새로운 집을 얻었다고 했다. 그러나 이사한 집의 주소는 알려 주지 않았다. 아마도 내가 답장을 보내는 것이 부담스러웠던 모양이다. 전 여자 친구의 편지까지 받고 나니 기분이 묘했다. 저녁 식사 때는 방 사람들과 둘러앉아 닭으로 파티를 열었다. 닭을 먹기 전에 다 같이 생일 축하 노래를 불러줬는데 하마터면 눈물을 쏟을 뻔했다. 삼십 년을 살면서 그렇게 우울한 생일 축하 노래는 처음 들어 본 것 같다.

긍정적으로 생각한다면 오늘은 내게 나름대로 의미 있는 생일이었다. 사회에 있었더라면 나는 친구들과 어울리느라 어머니를 안아드리지 못했을 것이다. 부모님과 마주 앉아 이야기조차 하지 않았을지도 모른다. 생일이라는 이유로 술을 마구 마셔 이튿날에는 쓰린 속을 달래느라 고생도 제법 했을 거다. 그래서 나는 구치소에서 이만큼 의미 있는 생일을 보내기 쉽지 않다고 스스로를 위로하기로 했다. 그런데 그렇게 생각하면서도, 의미 있는 생일이었음에도 불구하고 다시는 구치소에서 생일을 맞고 싶지 않았다. 내 생에 구치소에서 맞는 생일은 이게 마지막이기를-

'만기방'을 아십니까?

시간은 내가 멈춰 있을 때도 흘렀다. 참으로 고맙게도 말이다. 그리고 나는 드디어 출소를 하게 됐다. 만기 출소를 3일 앞두고 나는 '만기방'이라는 거실로 거처를 옮겼다. 구치소나 교도소에 만기방이 존재하는 이유는 출소자의 빠른 사회생활 적응을 돕고 다른 수용자들의 허탈함을 방지하기 위해서라고 한다. 하지만 출처가 분명하지 않기에 그 말이 정확한지는 분명치 않다. 아무튼 만기방에 오게 되면 사람은 딱 세 가지 부류로 나뉜다. 오늘 자정에 출소하는 사람, 내일 자정에 출소하는 사람, 그리고 모레 자정에 출소하는 사람. 또한 만기방에서는 그 어떤 신경전도 없다. 작은 방 안에서 좋은 자리를 차지하겠다고 목소리를 한껏 높였던 행동들이 모두 무의미하기 때문이다. 거실의 크기는 일반 혼거실 두 개를 합쳐놓은 크기인데 고작 9평 남짓의 크기가 그렇게 넓게 느껴질 수가 없다.

만기방이 일반 거실과 다른 점은 크게 두 가지다. 첫 번째는 교정 방송이 아닌 사회에서 볼 수 있는 방송이 나오는 TV가 있다는 점이다. 일반 정규 방송은 물론이고, 위성 및 다시보기 서비스까지 볼 수 있으니 그동안 밀린 예능 프로그램을 실컷 볼 수 있다. 그리고 화장실에는 샤워를 할 수 있도록 샤워 시설이 갖추어져 있다. 가장 중요한 건 온수가 콸콸 나온다는 것이다. 나는 만기방에 오자마자 오랜만에 따뜻한 물로 샤워를 했다. 시간 제약이 없으니 따뜻한 물을 마음껏 맞을 수 있었다. 따뜻한 물에 몸을 풀어서인지 그날은 잠도 편히 잤다. 만기방 사람들은 하루 세 번 꼬박꼬박 챙겨 먹던 밥을 거르기 일쑤다. 어차피 하루 혹은 이틀 후면 맛있는 음식들을 실컷 먹을 수 있는데 콩밥에 연연하고 싶지 않은 것이다. '안 먹어도 배부르다'는 걸 만기방에서 나는 처음 느꼈다.

그렇게 3일을 보내고 나니 이제 정말 출소다. 출소일 하루 전날 저녁 11시 45분쯤 만기방으로 교도관이 찾아와 문을 열어 주었다. 그제야 바깥으로 나갈 수 있다는 게 실감 났다. 구치소를 여러 번 왔다 갔다 하는 사람들이야 '출소'를 경험해 봤기 때문에 언젠가 나갈 수 있다는 것을 현실적으로 확신한다. 하지만 나처럼 첫 징역을 사는 사람들은 만기일이 다가와도 실감을 못 하는 것이 일반적이다. 마치 영화 「올드보이」의 오대수처럼 이러다 영원히 여기서 나가지 못하는 것은 아닌지 막연한 두려움 같은 게 있기 때문이다.

어쨌든 나는 죗값을 다 치렀고 이제 사회로 나갈 일만 남았다. 교도관을 따라서 엘리베이터를 거쳐 복도를 걸어갔다. 그렇게 걷다 보니 수감 기간 중 재판, 혹은 검치 등 출정할 때마다 수없이 거쳤던 출정 대기실에 도착했다. 이 방은 처음 입소한 날 사복에서 관복으로 갈아입기 전 항문검사를 거쳤던 곳이며, 구치소 생활의 첫 단추였다. 대기방에 도착하자 내가 처음 들어올 때 짐들을 넣어 뒀던 '더플백'과 영치시켰던 책이 쌓여 있었다. 더플백을 열어보니 밖에서 넣어 준 만기복(만기 출소 시 입으라고 밖에서 영치시켜 준 옷)이 들어있다. 입고 있는 관복은 물론 속옷까지 벗어던지고 허둥지둥 사복으로 갈아입었다. 면 재질의 옷이 거기서 거기겠지만 왠지 관에서 파는 옷보다 한층 더 따뜻하고 포근한 느낌이 들었다. 옷을 갈아입자 출소자들의 신분을 확인하기 위해 교도관이 한 명 들어왔다. 직급은 정확히 기억나지 않으나 꽤나 높은 양반이었던 것으로 기억한다. 출소자들의 명단과 신원, 그리고 얼굴을 확인한 교도관은 출소를 허락해 주었다. 나가는 길을 안내해 주는 교도관은 이전에 봐 왔던 교도관들과 달리, 필요 이상으로 예의 바르고 깍듯했다. 이제 더 이상 내가 '수용자' 신분이 아님을 실감할 수 있는 대목이었다. 교도관을 따라 채 2분도 걷지 않았는데 나가는 문이 나왔다. 이렇게 몇 발짝만 걸으면 밖으로 나갈 수 있는데 나는 이곳에 1년이라는 세월을 갇혀 있었다. 무엇이라 단정할 수 없는 허탈감이 밀려들었다. 구치소 건물을 빠져나오니 새벽녘의 찬 공기가 얼굴을 휘감았다. 한여름인데도 공기가 차가웠다. 잡초들 사이로 좁고 길게 뻗은 길을 따라서 걷다 보니 허리 높이의 작은 철문이 보였다. 그리고 그 철문 너머로 그렇게 보고 싶었던 부모님과 친구들, 그리고 형님들과 동생들이 서 있었다.

나를 보자마자 어머니와 정수 형님이 두부를 한 모씩 내밀었다. 한 입씩 베어 물고 버리려는데 어머니께서 끝까지 다 먹어야 한다며 성화를 내시는 바람에 꾸역꾸역 입속에 밀어 넣었다. 그렇게 입안 가득 두부를 물고 나는 아버지와 어머니를 꼭 안아드렸다. 이제 더 이상 접견 시간이 1분밖에 남지 않았다며 애를 태울 필요가 없다. 어머니의 눈물을 보지 않아도 된다. 지난 1년의 시간이 주마등처럼 스쳐 지나가면서 괜히 코끝이 시큰거렸다. 어머니는 모처럼 밝은 얼굴이었다. 지난 1년 동안 단 한 번도 본 적 없는 밝은 얼굴 말이다. 어머니는 내 등을 토닥이며 친구들과 회포라도 풀고 오라 하신다. 못 다한 이야기는 내일 자고 일어난 다음에 천천히 하자면서 말이다.

사실 만기방에 있을 때 나는 가족들과 친구 그리고 나를 기다려 준 사람들에게 하고 싶은 말들을 찬찬히 정리했었다. 그런데 막상 사회에 발을 딛고 보니, 그들의 얼굴을 눈에 담고 보니 그간 생각했던 말들이 단 하나도 기억나지 않았다. 그저 미안하고 고맙다는 말만 반복할 뿐이었다.

나는 알고 있었다. 나를 사랑한 죄로 나보다 더 고통스러운 시간을 보낼 수밖에 없었던 그들에게 내가 해야 할 것은 단 하나뿐이라는 것을. 다시는 이런 일로 그들을 아프게 하지 않으면 되는 거다. 나는 출소 당일 사람들과 어울려 쓴 소주잔을 비워 내며 '다시는 이런 일이 없을 거다.'라고 몇 번이나 반복했다. 사람들은 내가 오랜만에 술을 마셔 취했다 생각했을지 모르지만 사실 취하지 않았다. 그렇게라도 미안한 마음을 내보이고 싶었을 뿐이다.

아무리 편한 만기방이라 하더라도 이제 다시는 가고 싶지 않다. 고로 내 인생에 있어 징역은 이것으로 The End!

나는 지금 '법의 테두리' 속에서 자유롭게 살고 있다

출소 이후 나는 새로운 삶을 살고 있다. 생각해 보면 구치소에 수 감되기 전과 별반 다를 게 없는 일상이다. 그런데 '자유의 공백' 때문인지 지금 내가 누리는 모든 것들에 특별한 의미가 부여되고는 한다. 문득 생각난 사람에게 전화를 걸어 안부를 물을 수 있고, 보고 싶으면 언제든 만나서 그들과 함께 맛있는 음식을 나눠 먹는 것. 그 자체가 얼마나 큰 행복인지 이제야 깨닫게 된 것이다. 더불어 오늘을 즐겁게 살지만 내일을 준비할 수 있는 마음의 자세도 갖게 되었다. 당장의 내 감정, 내 느낌에만 집중하는 것이 아니라 내일 혹은 더 먼 미래를 생각하고 행동하려 노력하는 것이다.

그래, 나는 변했다. 1년이라는 짧다면 짧고 길다면 긴 구치소 생활을 통해 한 뼘쯤 더 성장했다. 그리고 이런 성장에는 구치소에서 만난 사람들이 '약'이 됐다. 그들은 앞으로 내가 어떻게 살아가야 하는

지에 대해 한 번 더 생각해 볼 수 있는 여지를 주었다. 그래서 나는 그들을 내 인생의 교과서라 생각하기로 했다.

내가 '범법자'인 그들에게 어떠한 의미를 부여한다고 하면 콧방귀를 뀌는 사람들이 있다. 그들에게 배울 게 뭐가 있냐고 되묻기도 한다. 나는 그때마다 분명히 배울 게 있다고 답한다. 물론 그들은 죄를 지었다. 정말 용서받지 못할 죄를 지은 사람도 있다. 그러나 그들의 옳지 못한 선택과 그로 인해 일그러진 삶을 통해 나는 '잘 사는 방법'에 대해 배우게 됐다. 만에 하나 그들에게 주어졌던 어렵고 힘든 선택의 순간이 내게 온다면 나는 그들의 선택을 거울삼아 그 누구보다 현명한 선택을 할 자신이 있다. 이 글을 읽는 사람들도 범법자나 구치소에 대한 호기심을 넘어, 그들의 이야기를 통해 '잘 사는 방법'을 떠올렸으면 좋겠다.

끝으로 이 글 속에 등장한 사람들이 평범한 일상을 되찾을 수 있기를 간절히 바란다. 구치소 혹은 교도소 생활에 마침표를 찍은 뒤 법의 테두리 속에서 자유롭게 살 수 있기를. 그래서 우연히 거리에서 마주치게 된다면 쓴 소주 한잔 나누며 지난 이야기들을 풀어놓을 수 있기를.